L'HEURE DE SORCELLERIE MORTELLE

UNE PETITE ENQUÊTE DES SORCIÈRES DE WESTWICK

LES PETITES ENQUÊTES SURNATURELLES DES SORCIÈRES DE WESTWICK

TOME CINQ

COLLEEN CROSS

Traduction par
ELKE WILL

Publié par Slice Publishing

Ebook ISBN : 978-1-77866-126-6

Audio ISBN : 978-1-77866-127-3

Broché ISBN : 978-1-77866-129-7

Couverture rigide ISBN : 978-1-77866-128-0

DU MÊME AUTEUR

Fraudes : Thrillers judiciaires de Katerina Carter

Stratégie de sortie: Crimes et enquêtes

Theorie des jeux

Formule mortelle

Mise au vert

Rouge vif - Nouvelle

Lune Bleue - Roman court

La Couleur de l'argent : Enquêtes criminelles de Katerina Carter (Coffret 3 volumes)

Thrillers judiciaires de Katerina : Tomes 1 et 2

Thrillers judiciaires de Katerina Carter : Tomes 3 et 4

Les Petites Enquêtes Surnaturelles des Sorcières de Westwick

Charmée de Vous Rencontrer

De la Sorcière à la Richesse

Le sort vers la gloire

Pas de réveillon pour les sorcières

L'heure de sorcellerie mortelle

Enquêtes Surnaturelles des Sorcières de Westwick

Site Web :

http://www.colleencross.com

Inscrivez-vous à son bulletin d'information pour être immédiatement
informé de nouvelles parutions !

http://eepurl.com/c1hzCv

L'HEURE DE SORCELLERIE MORTELLE

Merlot, magie et meurtre...

La fête du vin annuel de Westwick Corners est le moment idéal pour faire éclater les bouchons de liège et, tel qu'espère Cen, le moment propice pour Tyler de poser « la question et de la demander en mariage. Mais lorsqu'un festivalier est retrouvé mort, il est clair que Merlot, magie et meurtre ne font pas bon ménage !

L'heure de sorcellerie mortelle est le livre 5 de la série *Les Petites Enquêtes Surnaturelles des Sorcières de Westwick*. Tous les livres peuvent être lus séparément, mais les histoires vous plairont davantage si vous commencez par le livre 1, *Charmée de vous rencontrer*.

CHAPITRE 1

C'était une journée anormalement froide, même pour le mois d'octobre. Je m'étais retranché dans mon bureau un vendredi après-midi. J'avais mis le radiateur réglé au maximum et je m'imaginais sur une île tropicale, sous un parapluie, en train de siroter des Piña Coladas. En réalité, je faisais des pieds et des mains pour respecter un délai. Mais l'édition rapide de mon reportage sur le prochain festival annuel du vin de Westwick Corners ne se passait pas très bien. Mon cerveau vagabondait sans cesse au pays de la Piña Colada, si bien que je ne faisais pas grand-chose.

Je suis la reine de la procrastination, c'est pourquoi je restais coincée ici dans mon bureau miteux au dernier étage d'un immeuble centenaire. Les planchers qui grincent, les tuyaux qui sifflent et toutes sortes de bruits mystérieux étaient mes seuls compagnons. C'était parfois effrayant de travailler seul.

J'avais manqué le déjeuner et j'avais du mal à me concentrer avec mon estomac qui grondait, alors j'ai décidé de sortir prendre une collation avant que le café en bas de la rue ne ferme. Je venais d'attraper ma veste lorsque la porte du bureau extérieur a claqué, m'arrêtant dans mon élan. Pourtant, je n'attendais personne.

Un petit mur sépare mon bureau extérieur du reste de la surface.

La partie supérieure du mur était en verre dépoli. C'était une amélioration des années 1940 que j'avais éventuellement prévu de changer, mais j'avais appris à l'aimer. Cela me rappelait une agence de détectives de Sam Spade.

Le *Westwick Corners Weekly* n'est pas exactement du journalisme de pointe, donc je n'ai jamais eu à m'inquiéter des harceleurs ou d'autres fous. Jusqu'à présent, c'est-à-dire lorsqu'un intrus non identifié se trouvait juste entre la muraille et moi.

Je ne verrouille pas mes portes. Étant donné mon aversion pour le risque, j'aimerais bien, mais ça ne se « fait tout simplement pas à Westwick Corners. Les petites villes ont leur propre type d'influence sociale.

Ma fréquentation était quasi nulle, surtout à cette heure-ci, alors qui cela pouvait-il être dans le vestibule ? Il y avait eu récemment quelques personnes de passage en ville. Tout à coup, j'ai eu des sentiments mitigés à l'égard de mon visiteur impromptu. J'ai repoussé l'envie de lui demander son identité et j'ai échangé ma veste contre un balai dans le placard. L'élément de surprise me donnerait un avantage.

Je me dirigeai sur la pointe des pieds vers la porte menant au bureau extérieur et attendis.

Une ombre assombrit soudainement la porte en verre dépoli. Une ombre énorme !

Puis la porte s'ouvrit.

Une attaque surprise fut ma seule chance. Je descendis le balai fort et vite.

— Cen ! Pourquoi –?

— Oh, mon Dieu, Tyler ! Ça va ?

Je baissai le balai.

Mon petit ami shérif musclé s'accroupis sur un genou dans l'embrasure de la porte, tenant un bras au-dessus de sa tête dans une posture défensive.

— Ce n'est pas tout à fait comme ça que je me l'imaginais.

— Imaginer quoi ? T'aurai pu me prévenir quand même.

Mon visage rougit alors que je rêvais à nouveau. Tyler et moi étions sur une plage du Pacifique Sud. Il était agenouillé, me demandant de l'épouser. Il ouvrit l'écrin de la bague et...

Tyler me regarda avec ses yeux bruns chauds.

— Cen, nous vivons dans une ville sûre. Tu sais que je te protégerai. Calme toi...

Je me suis toujours sentie en sécurité dans ses bras, mais j'aurais pu facilement les casser si j'avais frappé plus fort. Je posai le balai.

C'est à ce moment-là que je remarquai le sachet en papier brun qu'il tenait dans sa main, dont la couleur se confondait presque avec celle de son uniforme de shérif. Le contenu du sachet sentait comme des muffins à la banane.

—C'est des–

— Tes muffins préférés, oui.

Tyler se mit debout et m'en proposa un.

— Tu sais que le fait de sortir avec un flic ne t'accorde pas le droit d'utiliser une force mortelle.

Je plongeai ma main dans le sachet et attrapai un muffin encore chaud.

— Je sais... désolée. C'est juste que... euh, ce bâtiment est un peu effrayant maintenant que je suis la seule locataire.

Le bâtiment abritait autrefois des avocats, des comptables et d'autres professionnels. Notre ville presque fantôme avait connu des jours meilleurs et n'était maintenant pratiquement plus visitée. La plupart des gens faisaient des achats et des affaires à une heure de route d'ici, à Shady Creek. En fait, c'est là que la plupart d'entre eux étaient en ce moment ce vendredi après-midi.

Tyler se pencha et m'embrassa.

— Je me rends compte que tu dois respecter un délai, mais tu sembles être un peu sur les nerfs. Tu connais tout le monde en ville. De quoi as-tu si peur ?

J'ai mordu dans le muffin, incapable de me retenir plus longtemps.

— De personne, je suppose. J'ai juste ce sentiment bizarre que... Je ne sais pas. Peut-être que j'ai bu trop de café ou quelque chose comme ça.

— Peut-être.

Tyler sourit.

— Quoi qu'il en soit, je me demandais si tu avais des projets pour ce soir.

— Euh… seulement avec toi. Pourquoi cette question ? Nous passons toujours les vendredis soir ensemble.

Depuis plus d'un an, nous passions presque tous les week-ends ensemble, sans que l'un ne demande à l'autre s'il était disponible. C'était comme si cela allait de soi. Au moins, c'est ce que je pensais. Alors pourquoi me demandait-il tout à coup ?

— C'est juste que, euh… Je veux que ce soir soit spécial. Genre, pas de rendez-vous sur ton agenda, pas de regard sur ton ordinateur portable. Peux-tu faire ça ?

—Bien-sûr. Quelle heure ?

Je me suis sentie sous pression par l'ampleur de tout ce qu'il restait à faire pour terminer mes montages et par une éventuelle catastrophe qui pourrait m'attendre à l'Auberge familiale. Et puis, j'avais promis d'aider mon voisin pour les préparatifs de la fête des vins…

— Huit heures, ça te va ? J'ai une affaire à boucler avant.

— C'est parfait.

Le temps était largement insuffisant, mais d'une manière ou d'une autre, j'y arriverais.

— Qu'est-ce qu'on va faire ?

— Surprise, déclara Tyler. J'espère que tu vas aimer.

* * *

La surprise réservée par Tyler occupa mon esprit pour le reste de l'après-midi. C'était une bonne chose de ne pas l'avoir tué avec un balai.

Je réussis à finir mon article et pliai bagage vers seize heures.

Je sortis sur Main Street. Il n'y avait pas un chat ! Quelques voitures étaient garées le long des deux pâtés de maisons qui formaient le centre-ville de Westwick Corners.

J'ai mis la dernière édition du journal « Westwick Corners Weekly sous mon bras en serrant mon col contre la brise fraîche. Il fit anormalement froid pour un jour d'octobre et le vent faisait tourbillonner des feuilles autour de mes pieds alors que je marchais vers la voiture. Tyler avait raison : Westwick Corners était une ville sûre. D'un autre côté, je me serais senti mieux avec plus de monde autour.

Mon édito sur la fête du vin de Westwick Corners ce week-end me traversa l'esprit. Cette fête annuelle faisait partie de mes plus grands soucis parce que les caves achetaient toujours des dollars publicitaires supplémentaires avant la fête, dont j'avais désespérément besoin.

J'avais acheté le petit journal communautaire il y a plusieurs années à son propriétaire à la retraite, en m'achetant essentiellement un emploi pour pouvoir rester dans ma ville natale. En tant que seule employée, je m'occupais de tout, des reportages, de la photographie, de la publicité et de la distribution. On pouvait à peine en vivre, mais c'était l'une des rares possibilités de gagner sa vie dans cette ville idyllique, qui avait été négligée pendant des décennies et ne reprenait vie que lentement.

Je réfléchis aussi sur la surprise de Tyler. Un petit ami surprenant sa petite amie limitait les possibilités. Qu'est-ce que ça pourrait être ? Une demande en mariage ? Je trouvais toujours ça étrange que ce soit l'homme qui décide où et quand cela devait se produire. En même temps, j'étais excitée parce que je savais depuis un moment que je voulais passer le reste de ma vie avec lui.

Finalement j'atteignis mon Honda CRV en mauvais état, garé à quelques portes en bas de la rue. Je pêchai mes clés dans ma poche et déverrouillai la porte. Bien que je brûle d'envie d'aller directement à la maison et de me blottir devant la grande cheminée dans l'auberge familiale, le Westwick Corners Inn, il faudrait attendre. Je m'étais engagée à aider un voisin.

Antonio Lombard était un viticulteur de deuxième génération qui traversait des moments difficiles. Ses problèmes devinrent évidents lorsque je l'ai interviewé pour le journal de ma commune. Je rédigeai l'un des nombreux articles qui paraissaient chaque année à l'approche de la fête du vin, et attiraient de nombreux viticulteurs de tout l'État, dont une demi-douzaine de viticulteurs locaux. Les articles présentaient les vignobles locaux, leurs derniers vins et les vignerons qui les produisaient.

Lors de mes questions à chaque participant pour en savoir plus sur leurs vins, la conversation a souvent dégénéré en commérages sur la compétition, je les ai bien sûr imprimés pour la plupart. Les habitants dévoraient les histoires et choisissaient souvent leurs favoris en se basant davantage sur des détails salaces – et il y en avait beaucoup – que sur les vins eux-mêmes.

Les concurrents se disputèrent un certain nombre de prix et les enjeux étaient élevés. Gagner signifiait plus que le droit de se vanter. Cela leur garantissait plus de ventes de la part du public grâce à une publicité accrue et une meilleure réputation. Les vins de qualité supérieure attirèrent également l'attention des acheteurs de vin régionaux et nationaux, qui purent augmenter drastiquement le volume des ventes ainsi que les bénéfices. En bref, cela pourrait faire le succès ou faire échouer l'entreprise.

Tout cela semblait avoir finalement brisé Antonio Lombard, qui, avec son frère José exploitait Lombard Wines en bas de la route de ma famille de sorcières et moi, aubergistes à temps partiel. Nous aussi, nous exploitions un petit vignoble qui était entretenu et soigné par maman, grâce aux consignes et à la surveillance d'Antonio pendant des années. Mon coup de main était bien plus qu'une simple aide de voisinage ; nous lui devions vraiment beaucoup.

Vous pensez peut-être que, parce que je suis une sorcière, je pourrais simplement lancer un sort pour faire disparaitre les ennuis d'Antonio, mais il y a des règles strictes sur l'ingérence dans la vie des autres. Moi, je m'en tiens strictement aux règles, toujours. Je ne mens pas, ne triche pas, ou je n'utilise pas la sorcellerie à la légère. Bon d'accord, j'avoue que je triche sur les régimes, mais quand il s'agit de sorcellerie, je suis les règles de la « Witches International Community Craft Association toujours à la lettre. Enfreindre les règles de « WICCA » pourrait me coûter ma licence de sorcière. Jamais de ma vie je prendrai le risque de perdre quelque chose qui avait été si difficile à obtenir.

En prenant place sur le siège du conducteur et bouclant ma ceinture, je me demandai s'il était déjà trop tard pour aider Antonio. Tout était dans un tel chaos hier quand je suis arrivée pour l'interroger. Antonio était à peine cohérent, bien que je l'eusse interrogé tant de fois ; à tel point qu'il aurait été capable de le faire en dormant. La cave était dans un désordre total et il y avait des caisses et des boîtes vides partout. Pire encore, il n'avait pas encore embouteillé son vin pour la fête du vin de demain ! Il était assez évident que mon voisin avait de graves ennuis.

Malgré tout, j'ai réussi à écrire mon long article sur les vins Lombard en reprenant quelques phrases et photos de l'article de l'année dernière. J'ai changé quelques détails et suis restée vague sur les derniers événements à la cave et les vins dans le concours de cette année.

En réalité, rien n'allait se passer parce qu'Antonio était coincé dans une sorte de paralysie mentale.

Puisque j'étais journaliste, rédacteur en chef et l'unique éditeur de mon journal, je pouvais prendre de petites libertés avec les faits. D'ailleurs, comme disait Tante Pearl tout le temps, personne ne lisait mon journal de toute façon. Ils ne voulaient que les circulaires et les bons de réduction à l'intérieur.

Je voulais absolument faire quelque chose pour aider Antonio. Peut-être que je pourrais récupérer du vin, assez pour que les vins Lombard fassent au moins leur apparition au festival. Je venais juste de mettre la clé de contact, lorsque des mains froides me saisirent les épaules par derrière.

CHAPITRE 2

— Au secours ! criai-je, mais seul un couac sortit.

Personne ne m'entendrait dans la rue déserte. Était-ce un carjacking, un kidnapping, ou les deux ? Je me suis toujours sentie en sécurité à Westwick Corners.

Jusqu'à présent.

— Tais-toi et conduis, chuchota la voix. La pression sur ma gorge se relâcha légèrement.

C'était difficile à dire d'après un murmure, mais la voix semblait étrangement familière. Bien que mes mains tremblassent comme une feuille, je réussis à mettre la voiture en marche. Je gardai mon pied sur le frein et creusai mon cerveau pour trouver une solution afin de me sortir de cette situation.

Devrais-je essayer de repousser mon agresseur ? Klaxonner ? Je n'avais jamais été prise en otage auparavant. Ça m'a pris un certain temps, pour savoir ce qu'il fallait faire.

— Bon sang, Cendrine ! Est-ce que tu dois vraiment regarder deux fois par-dessus ton épaule ?

Je soupirai de soulagement en arrachant les doigts osseux de mon cou. Tante Pearl ne m'appelait que par mon nom complet quand elle était en colère contre moi. Je n'avais aucune idée de ce que j'avais fait pour la mettre en colère.

Probablement rien.

— Comment as-tu réussi à monter dans ma voiture ? demandai-je.

— Ne fais pas l'innocente, comme si t'avais rien compris. Je suis une sorcière, après tout. Et toi, tu es en retard, comme d'habitude. Je me suis gelé les fesses en t'attendant depuis presque une heure. Qu'est-ce que t'as fabriqué si longtemps ?

— J'avais un boulot à terminer. Nous n'avons jamais pris de rendez-vous, n'est-ce pas ? Pourquoi as-tu cambriolé ma voiture ? J'espère que tu n'as pas détruit le —

— Arrête de m'interroger, Cen. Nous avons du pain sur la planche et ça ne se fera pas tout seul.

— Je ne sais pas de quoi tu parles, Tante Pearl. J'ai déjà des projets.

— Pas avec ton petit ami shérif, non ? Tu sais qu'il ne travaille pas tard au bureau comme il l'a prétendu ?

— Arrête de semer la zizanie. Dommage si tu ne l'aimes pas. Il ne va aller nulle part.

— Oh que si, et je sais où il est.

Tante Pearl mettait un doigt sur ses lèvres.

— Ne me demande pas parce que je n'ai pas le droit de te le dire. J'ai juré de garder le secret !

Je n'avais absolument pas envie de lui donner la satisfaction de demander.

— Quoi qu'il en soit, je suis en route vers Lombard Wines pour aider Antonio à embouteiller son vin pour demain.

— Ne fais pas comme si sauver Antonio était ton idée à toi. Tu sais que c'est pour ça que je suis là.

— Euh non… je ne le savais pas !

— Tu prends toujours le mérite de tout. Mets ce tas de ferraille en marche et allons-y.

Tante Pearl s'assit maintenant à côté de moi sur le siège passager, paraissant plus grande que d'habitude dans sa doudoune. En dessous, elle portait son survêtement en velours violet, et à ses pieds, il y avait des chaussures de course. Elle regarda droit devant elle.

Je n'avais aucun souvenir de l'avoir vue monter sur le siège avant, alors je la soupçonnais de m'avoir jeté un sort. C'était une violation flagrante des règles de la WICCA, mais tante Pearl s'en fichait.

J'étais aussi certaine que j'avais eu l'idée d'aider Antonio par moi-même, mais je pensais que cela ne valait pas la peine de me disputer.

Je soupirai.

— Je ne prends pas le mérite de quoi que ce soit, tante Pearl. Je suis heureuse que nous aidions Antonio toutes les deux. Cela devrait faire avancer les choses beaucoup plus vite.

* * *

DIX MINUTES PLUS TARD, nous étions à Lombard Wines, à moitié mortes de froid à l'intérieur de l'immense bâtiment caverneux servant de salle de dégustation et de cave à vin entièrement fonctionnelle. Le chauffage avait été coupée, et il faisait un tel froid que mon souffle se transformait en vapeur lorsque je parlais.

La cave semblait être dans un état encore pire que lorsque je l'avais visitée la veille. Des tonneaux renversés et des cartons de vin empilés étaient dispersés dans la salle de dégustation, certains bloquant les allées menant aux grandes cuves à vin en acier inoxydable de la cave. Des traces de pas pleines de boue salissaient le sol en béton poli. Les traces de pas conduisaient à l'entrée principale et à l'arrière du bâti-ment, où des escaliers descendaient jusqu'à la cave à vin du sous-sol.

Toute la scène fut chaotique, complètement l'inverse de la cave habituellement impeccable.

Je frissonnai. Il semblait faire encore plus froid à l'intérieur de la cave qu'à l'extérieur. Antonio avait probablement coupé le chauffage pour faire des économies.

Les lumières brillaient encore au-dessus de ma tête, donc au moins l'électricité n'avait pas été coupée. Je soupçonnais que cela arriverait bientôt.

Antonio Lombard était assis sur un tabouret au niveau du bar à vins, il nous tournait le dos. Ses épaules étaient affaissées, ses coudes reposaient sur le comptoir.

— Antonio ! Bouge tes fesses !

La voix de tante Pearl résonna dans la chambre caverneuse.

Antonio se secoua et se retourna, surpris.

— Que voulez-vous ?

Il n'était pas rasé et ses cheveux semblaient avoir blanchi du jour au lendemain. À la place de sa chemise de golf et de ses kakis habituels, il portait un vieux t-shirt blanc avec des taches de vin sur un jeans décoloré avec les genoux déchirés et les ourlets effilochés. Il portait des tongs au lieu de chaussures convenables. Il avait l'air aussi négligé que la cave. Je ne l'avais jamais vu comme ça avant.

— Euh, nous embouteillons du vin, tu te souviens ?

À en juger par l'état de la cave, il ne s'en souvenait pas.

— Dis-nous quoi faire.

Tante Pearl tapa du pied impatiemment.

— Je n'ai pas toute la journée, Antonio. Tu veux notre aide ou pas ?

Soit Antonio n'avait pas entendu soit il ne voulait pas entendre. Il rêvassait et regardait au loin.

— C'est ridicule ! Tu me traînes jusqu'ici et il nous ignore totalement. Tante Pearl tapa du pied de plus en plus impatiemment.

— Le temps, c'est de l'argent, Cen.

— Je ne t'ai pas traîné ici. Tu es entrée par effraction dans ma voiture, tu te souviens ? Je regrettais déjà de l'avoir laissée venir avec moi.

— Peut-on se concentrer sur Antonio au lieu de se disputer ?

— Tu dois toujours avoir le dernier mot, murmura tante Pearl.

J'ai mis un doigt sur mes lèvres et j'ai parlé à voix basse.

— Antonio n'est pas dans son état, tante Pearl. Je ne l'ai jamais vu comme ça avant. Soit il est distrait soit déprimé, ou… je ne sais pas. Quelque chose cloche, et je n'arrive pas à mettre le doigt dessus.

Tante Pearl rit.

— Quelque chose cloche ? Tu es un véritable génie. Il t'a fallu un certain temps pour comprendre qu'Antonio a totalement perdu la tête.

Nous attendîmes qu'Antonio se ressaisisse enfin, mais il se concentra sur autre chose. Il se servit un verre de dégustation de vin provenant des grands fûts en acier et avala le vin d'un trait, sans le goûter. Ses lèvres formèrent des mots sans bruit. Il courut des cuves à la zone d'embouteillage, puis fit demi-tour comme s'il avait oublié quelque chose. Il descendit en courant vers le cellier. Une minute plus tard, il réapparut les mains vides, seulement pour répéter le processus.

Je voulais l'aider, mais il ne facilitait pas les choses. Il avait travaillé si dur pour faire survivre l'entreprise familiale Lombard Wines ces dernières années, mais il a toujours eu de la malchance. Il avait l'air complètement dépassé par les événements. Il était coincé dans une boucle.

Nous l'étions aussi. Je suis une sorcière, pas une psychologue. Je voulais l'aider, mais je ne savais pas quoi faire.

La voix aiguë de tante Pearl perça le silence.

— Antonio arrête cette folie ! Punaise, qu'est-ce qui ne va pas avec toi ? Ressaisis-toi !

Antonio souleva ses mains. Il couvrit les oreilles avec ses paumes pour étouffer la voix de Tante Pearl. Il hocha lentement la tête, en disant « non à un ennemi invisible.

— J'essaie de réfléchir, mais... tout ça me dépasse.

Tante Pearl traversa la pièce jusqu'à Antonio sans que je parvienne à l'arrêter.

Elle le regarda dans les yeux, et posa une main osseuse fermement sur chacun de ses avant-bras. Elle le secoua et lui cria au visage.

— Hé ! Réveille-toi ! «

Je me précipitai pour arrêter tout ce qui allait arriver.

— Je ne pense pas —

— Ne te mêle pas de ça, Cendrine, grogna tante Pearl.

— Je sais ce que je fais.

Le tempérament de tante Pearl était sur le point de prendre le meilleur d'elle, et Antonio avait déjà assez de problèmes. Nous n'avions qu'un seul objectif, et c'était de faire en sorte que son vin soit mis en bouteille et prêt pour le festival.

La mise en bouteille de vin à la dernière minute n'était pas idéale, mais c'était notre seule option. Sans bouteilles, bouchons ou étiquettes, il était à peu près impossible de tout rassembler, même pour une sorcière. En théorie, je pouvais évoquer ces choses, mais la sorcellerie à but lucratif était strictement interdite, même si c'était pour remplir les poches d'une autre personne.

Lombard Wines était à Westwick Corners depuis des générations. Tout cela était en danger parce qu'Antonio Lombard était en train de craquer. Je craignis que sa cave soit sur le point de faire de la plongée sous-marine.

Je ne connaissais toujours pas les problèmes exacts auxquels Antonio était confronté. Les vendanges de cette année étaient excellentes, et Antonio était un vigneron accompli, il aurait donc dû y avoir beaucoup d'activité pour écraser les raisins et fermenter puis clarifier le jus dans les grandes cuves. Mais pour ce faire, le vin de l'année précédente aurait dû être retiré des cuves et mis en bouteille. Cette tâche n'avait même pas encore commencé, et c'était de ce vin dont nous avions besoin pour la fête du vin.

Le vin Lombard ne se mettait pas en bouteille tout seul. L'avenir d'Antonio dépendait d'une bonne présentation au Westwick Corners Wine Festival annuel. Son avenir dépendait également du fait que tante Pearl libère son emprise de ses avant-bras, qui étaient devenus blancs en raison du manque de circulation du sang.

Antonio avait l'air mal, mais il ne broncha pas. Il savait que tout signe de faiblesse ne ferait que pousser tante Pearl à creuser plus profondément. Il faisait deux fois le poids de ma petite tante de quarante kilos, mais comme le reste d'entre nous, il avait terriblement peur d'elle.

— Tante Pearl ! Tu fais du mal à Antonio !

Je m'approchai d'eux et retirai doucement les mains de tante Pearl de ses bras. J'aurais dû la virer de ma voiture après sa tentative de m'étrangler. Non seulement j'avais presque fait une crise cardiaque, mais elle ralentissait les choses. Sans doute avait-elle une arrière-pensée pour être ici.

Je parlai calmement.

— Nous allons y arriver ensemble. Mais faisons les choses dans l'ordre. Où gardes-tu les bouteilles ?

Antonio soupira et s'abaissa sur une chaise. Il fit un geste vers un tas de caisses derrière la table d'embouteillage, là où tante Pearl et moi nous étions auparavant.

— Là-bas.

Tante Pearl sortit les caisses et les vérifia une par une.

— Pas de bouteilles ici, Antonio. Ces caisses sont toutes vides.

Antonio fronça les sourcils.

— C'est étrange. Toutes mes bouteilles semblent avoir mystérieusement disparu.

— Tu nous supplies de t'aider sans avoir pris la peine de vérifier tes réserves ?

Tante Pearl jeta les mains en l'air désespérément.

— Elles n'ont pas disparues comme par enchantement. Avoue-le, Tony. Tu as oublié de les commander.

Antonio détestait qu'on l'appelle Tony. Tante Pearl le faisait exprès pour le mettre en colère.

— Je pense que j'ai encore des bouteilles dans le cellier, dit-il.

— Bien, je vais aller voir !

Tante Pearl se dirigea vers les escaliers qui menaient à la cave à vin.

Antonio se leva de son siège.

— Je vais le faire. Tu n'y auras pas accès. La cave a une serrure biométrique. La seule manière de déverrouiller la cave est avec mon empreinte digitale.

— Oooh… que c'est moderne, dit tante Pearl en se moquant.

— As-tu dépensé ton argent pour ça au lieu d'acheter des bouteilles ?

Antonio l'ignora et marcha vers l'arrière du bâtiment, où un escalier en colimaçon en fer forgé conduisait à la cave à vin.

— Ça, je dois absolument le voir.

Je suivis Tante Pearl alors que nous descendîmes les marches vers un petit palier en face de la lourde porte de la cave en acier. Un grand tonneau de chêne avait été placé près de la porte, laissant seulement assez de place pour Antonio. Tante Pearl et moi attendîmes sur les marches du bas pendant qu'Antonio déverrouillait la porte.

Au-dessus de la poignée de porte se trouvait une serrure au design élégant avec un pavé numérique et un carré en verre. Elle avait l'air assez récente, et je ne me souvenais pas l'avoir vu auparavant. Cela faisait un an que j'étais allée à la cave à vin pour la dernière fois.

Antonio tapa plusieurs touches sur le pavé numérique avant de poser son index sur le verre. Le verrou émit un clic et se déverrouilla. Antonio tourna la poignée et ouvrit la porte.

— Je dois d'abord entrer le code de sécurité. Puis le scanner biométrique lit mon empreinte digitale.

— Il est censé clignoter en vert, mais l'ampoule a cramé, déclara-t-il .

Il entra dans la grande cave et nous fit signe de le suivre.

Tante Pearl s'arrêta à la porte pour étudier le mécanisme de verrouillage.

— C'est déjà cassé ?

— Le technicien viendra lundi pour remplacer l'ampoule. La porte fonctionne toujours bien, c'est juste la lumière. C'est chouette, non ? Ça ne se déverrouille pas seulement avec le code de sécurité, mais aussi avec mon empreinte digitale. C'est le dispositif antivol parfait.

— Tu n'as besoin de ce genre de sécurité à Westwick Corners, dis-je.

— Je n'en suis pas si sûre, Cen. Dernièrement, des choses ont disparu. Des petites choses, comme une bouteille de vin par-ci par-là, et de temps en temps, quelques outils. Je me sens juste mieux de savoir le vin enfermé. Personne ne peut pirater cette serrure.

Tante Pearl haussa ses sourcils.

— Oh vraiment ? Je parie que je pourrais le faire. Donne-moi le manuel d'instruction, et je décoderai cette chose en un rien de temps. Je suis une accro de technologie, Antonio. Je peux probablement même réparer la lumière en un clin d'œil. Si je n'étais pas déjà à la retraite, je serais un hacker à engager. Les entreprises me paieraient une fortune pour identifier toutes les vulnérabilités de leurs systèmes.

Antonio éclata de rire.

— Désolé, Pearl. J'ai égaré le mode d'emploi. J'espère que l'installateur me laissera une autre copie quand il viendra.

— Concentre-toi, tante Pearl, murmurai-je. Nous n'avons pas le temps pour les distractions. Où la sorcellerie.

Tante Pearl grogna.

— Je passe mon temps comme bon me semble. Oh, et encore une chose… Je ne reçois pas d'ordres de sorcières débutantes !

Heureusement, Antonio n'était pas à portée de voix. Il s'agenouilla à côté d'une caisse de vin, plissant les yeux devant les petits caractères sur la caisse.

L'air dans la cave à vin était frais, humide et moisi. Elle fut conçue d'après les caves à vin souterraines en France, avec des murs en pierre voûtés et une atmosphère de grotte. Elle procurait une sensation d'Ancien Monde, mais n'avait que quelques années. La cave souterraine avait été excavée et construite en même temps que le bâtiment de la cave. Les deux ont probablement coûté pas mal d'argent, au moins quelques années de bénéfices pour le domaine. C'est probablement à ce moment-là que les problèmes financiers des vins Lombard ont commencé. L'entreprise familiale Lombard n'était tout simplement pas assez riche pour s'offrir un bâtiment aussi grand. Des étagères du sol au plafond s'étendaient dans chaque direction sur une quinzaine de mètres et servaient à stocker les vieux fûts de chêne dans lesquels le vin était vieilli. L'année dernière, elles étaient pleines. Maintenant, elles sont presque vides.

— Assez vide.

Tante Pearl scruta les étagères vides de la cave.

— À l'exception du fait qu'il n'y a rien ici qui vaut la peine d'être verrouillé.

— Même pas les bouteilles vides dont nous avons besoin pour embouteiller le vin.

Mon cœur se serra alors que je scannais la pièce.

— Où sont-elles, Antonio ?

Il haussa les épaules.

— Comme je l'ai dit, les choses disparaissent régulièrement par ici.

Je sortis mon téléphone pour appeler maman, mais la réception était médiocre à l'intérieur de la cave à vin. Je retournai à l'étage pour l'appeler, lui expliquant les détails.

— Tout ce dont Antonio a besoin, il peut l'avoir, répondit maman. J'ai un tas de caisses de bouteilles supplémentaires. Si Antonio ne nous avait pas aidés il y a quelques années, je n'aurais même pas de vignoble. Tu lui dis qu'il peut avoir tout ce dont il a besoin.

— Merci, maman. J'arrive tout de suite.

— Non !

J'étais confuse.

— Pardon ? Pourquoi ne puis-je pas venir —

Le silence devint total à l'autre bout de la ligne.

— Ce n'est pas le moment, Cen. Je… je t'expliquerai plus tard, mais ne rentre pas tout de suite. Envoie plutôt Pearl.

— Okay, mais –

Mais maman avait déjà raccroché. Elle avait un comportement très étrange et je n'avais aucune idée de pourquoi.

Est-ce que j'imaginais des choses, ou est-ce que toute la ville devenait folle ?

<h1 style="text-align:center">CHAPITRE 3</h1>

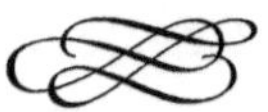

$\mathcal{A}$ntonio avait toujours été le premier à mettre son vin en bouteille chaque saison. Il était soucieux des détails au point d'être obsessionnel compulsif, et sa cave était toujours impeccable. Mais c'était en temps normal. Tout semblait différent maintenant.

Westwick Corners ne comptait que quelques centaines de personnes, il était donc impossible de pas remarquer un voisin en difficulté. Nous nous sommes aidés les uns les autres, pour des raisons à la fois altruistes et égoïstes. Altruiste parce que dans une petite ville, les voisins comptaient les uns sur les autres. Égoïste parce que si un rouage se détruisait, alors il arriverait la même chose à toute la roue. Sans entreprises prospères, notre ville cesserait rapidement d'exister. Les problèmes de nos voisins sont finalement devenus les nôtres et vice versa.

Je redescendis à la cave à vin, mais mon esprit bouillonnant fut bientôt stoppé à la vue d'un Antonio instable.

— Je ne me sens pas très bien.

Antonio posa sa main sur un tonneau et se figea.

— J'ai des vertiges. Peut-être que je suis surmené.

Tante Pearl se moqua. «

— Tu n'as pas travaillé du tout, du moins à ce que je vois.

Je lui lançai un regard avant de me retourner vers Antonio.

— Je pense que c'est la ventilation, dis-je.

— L'air est un peu lourd ici. Remontons maintenant.

Je fis signe à tante Pearl de me devancer. Je la suivis et m'arrêtai à mi-hauteur de l'escalier en attendant qu'Antonio ferme et verrouille à nouveau la porte de la cave. La porte fit un bruit de bourdonnement alors qu'elle se verrouillait automatiquement. Antonio revérifia la poignée et traîna derrière nous.

En montant les escaliers, je pensais que ses précautions de sécurité semblaient un peu exagérées. Après tout, nous n'allions qu'à l'étage. Nous ne quittions pas le bâtiment.

Une fois à l'étage, je guidai Antonio vers un tabouret au comptoir et je lui fis signe de s'asseoir.

— Nous pouvons y arriver. Maman a dit que tu pouvais emprunter quelques-unes de ses bouteilles. Antonio haussa les épaules.

— D'accord, ça vaut le coup d'essayer, je suppose.

Tante Pearl se racla la gorge. Elle était à côté du fût à vin qu'Antonio avait quitté quelques minutes plus tôt et tenait un verre à vin devant la lumière.

— Hum – tu ne peux pas embouteiller ce trucmuche-là. C'est quoi cette boue qui flotte dedans ? On dirait des eaux usées.

Tante Pearl n'avait pas tort. Le vin se trouvant dans les cuves était censé être du vin fini, fermenté, vieilli et clarifié, à un pas de la mise en bouteille. Le vin non fini, non filtré et non vieilli n'aurait jamais dû finir dans une cuve, et nous ne pouvions certainement pas l'emmener à la fête du vin. Antonio, avait-il perdu la boule ?

Le Antonio que je connaissais aurait bondi de sa chaise et se serait emporté devant cette tragédie. Au lieu de cela, il s'est légèrement penché sur sa chaise et a fait un geste vers le vin. — Non, pas celui-là, dit-il d'une voix plate. Il n'est pas encore prêt. Le tonneau à côté. Le Méritage.

— Méritage ? Tu en es sûr ?

Bien que j'aie personnellement aimé le Méritage Lombard, ce n'était pas vraiment un mélange très apprécié par les visiteurs de la fête du vin. La plupart des gens préféraient les rouges plus corsés. Le choix d'Antonio était de l'autosabotage. Il savait pertinemment que personne n'achèterait ce Méritage.

— Ta Syrah est la meilleure, et ton Cabernet Sauvignon est toujours un succès. Pourquoi ne pas se présenter avec l'un d'entre eux ?

Antonio fronça les sourcils.

— Je me souviens vaguement d'avoir mis en bouteille du Cabernet. Je me demande où je l'ai mis ?

— C'est quoi ce capharnaüm ? Tu ne tiens aucun comptes ! grogna Tante Pearl.

— Je ne me souviens pas… pfff !

— Je suis sûre que je peux le trouver.

Je scannai le grand entrepôt et m'arrêtai aux étagères du sol au plafond qui abritaient les fûts de vin Lombard. Normalement, les étagères étaient chargées de fûts de chêne parfaitement alignés, remplis de vin. Chaque fût aurait été soigneusement étiqueté avec la variété de vin et le logo des vins Lombard. Normalement, Antonio avait réservé un espace pour chaque vin : Merlot, Méritage, Cabernet Sauvignon, Pinot Noir et Syrah, les millésimes les plus anciens étant empilés tout en bas pour un accès facile.

Maintenant, les étagères avaient des trous béants avec des fûts reposant au hasard sur seulement les deux étagères du bas. Les trois premières étagères étaient complètement vides. Apparemment, aucune vinification d'aucune sorte n'avait eu lieu depuis un certain temps. Je m'approchai pour lire les étiquettes et haletai : Pinot noir, Syrah, Méritage… ils n'étaient même pas dans l'ordre alphabétique !

Mais le vin dans les fûts n'était pas ma préoccupation immédiate, car il vieillissait encore, et n'était pas tout à fait prêt pour la mise en bouteille. Je promis de trouver moi-même un vin qui méritait d'être mis en bouteille.

Je jetai un coup d'œil sur Antonio en me dirigeant vers le bar, et attrapai un verre de vin derrière le comptoir. Il regarda dans le vide et ne me remarqua même pas. Je traversai le sol de l'autre côté de la cave, passai l'entrée de la cave à vin du sous-sol avec mon verre à vin, et me dirigeai vers les grandes cuves en aluminium dans lesquelles était stocké le vin prêt à être mis en bouteille. Si je devais goûter chaque cuve de vin pour trouver quelque chose de décent, alors c'est ce que je ferais. Il n'y avait pas d'autre moyen.

Je m'arrêtai à la première cuve et tins le verre sous le robinet. C'était un Cabernet Sauvignon. J'ouvris le robinet et attendis que le vin sorte.

Rien.

Même pas une goutte pour prouver une utilisation récente. La cuve était complètement vide.

Alors, j'essayai la cuve suivante. Pas de vin non plus. J'eus les mêmes résultats pour toute la rangée de cuves. Il n'y avait ni de Cabernet Sauvignon, ni de Cabernet Franc ou quoi que ce soit. Je me sentis mal à l'aise, même si je n'avais rien à perdre personnellement. J'avais toujours admiré le travail acharné d'Antonio, qui avait fait le succès du domaine pendant de nombreuses années. Pourtant, cela faisait longtemps qu'aucun vin n'avait été produit ici. Soudain, je me sentis coupable.

Pourquoi ne l'avais-je pas remarqué plus tôt ?

Un domaine si magnifique, mais pas de vin !

J'étais sur le point d'abandonner lorsque j'ouvris le robinet de la toute dernière cuve. À ma grande surprise, du vin rouge jaillit dans mon verre, qui aurait presque débordé si je n'avais pas rapidement fermé le robinet. Je pris une gorgée généreuse et dégustai un rouge velouté et corsé. Je n'étais pas une experte, mais j'étais à peu près sûre que c'était une Syrah, et une très belle Syrah en plus. Nous avions tout ce qu'il fallait et à priori en quantité suffisante à mettre en bouteille pour la fête du vin. À en juger par la cuve pleine, cela suffirait certainement.

Je pris une profonde inspiration et me calmai en retournant au comptoir. L'avenir d'Antonio reposait là-dessus. Ma main trembla alors que je tendais le verre à Antonio.

— Je pense que c'est une Syrah. Qu'en penses-tu ?

Antonio mit le verre devant la lumière et l'étudia pendant un moment avant de le placer sur ses lèvres et de prendre une longue gorgée. Il avala et laissa échapper un soupir de satisfaction.

— Ahh… la Syrah de 2016. Celle-là fera l'affaire.

– Génial. Tante Pearl, rentre et va chercher les bouteilles de maman.

Je lui jetai les clés de ma voiture, soulagée qu'Antonio semble avoir repris un peu ses esprits.

— À vos ordres, mon Capitaine.

Tante Pearl fronça les sourcils et me salua d'un air moqueur, mais elle sortit.

J'avais besoin de quelques minutes seules avec Antonio pour comprendre ce qui n'allait pas. Je ne pouvais le faire que sans l'interférence de Tante Pearl.

J'attendis le crissement des pneus sur le gravier lorsque que Tante Pearl sortit du parking. Je me tournai alors vers Antonio.

— Où est José ?

Le jeune frère d'Antonio était souvent en voyage d'affaires et jamais là quand il y avait du travail à faire. Il était censé s'occuper des ventes, du marketing et de toute autre tâche qui n'impliquait ni raisin ni vin. Je soupçonnais qu'il choisissait des activités qui l'éloignaient de la cave et de son frère perfectionniste.

Étant donné que les ventes étaient maigres ces derniers temps et que très peu de nouvelles affaires résultaient de ses fréquents voyages d'affaires, je soupçonnais également que les rumeurs sur son style de vie de playboy étaient vraies.

Antonio haussa les épaules.

— José devait livrer une camionnette pleine de commandes de vin à nos clients. Il n'est pas très fiable, mais c'est tout ce que je peux lui confier. Il gâche tout ce qu'il touche.

— Je pensais qu'il s'occupait des ventes, dis-je.

Antonio rit.

— C'est un vendeur minable qui n'y consacre pas beaucoup de temps. Il ne veut rien avoir à faire avec l'entreprise et attend de moi que je fasse tout le travail. C'est le pire associé qu'on puisse s'imaginer. J'aimerais pouvoir lui rembourser sa part.

— Tu devrais.

Les frères étaient des parfaits opposés. José était exigeant et paresseux. Antonio était modeste et travailleur. En général, il était aussi heureux. Mais en ce moment, il était complètement différent.

— Je ne peux pas le rembourser, Cen. Nos ventes sont si sombres que je ne peux même pas payer les factures d'électricité. Racheter la part de José est hors de question. De toute façon, il ne me laisserait jamais faire.

— Je suis convaincue que la fête du vin de cette année va tout changer. J'avais de gros doutes, mais je voulais paraître encourageante.

— J'en doute. L'année dernière a été un désastre total. J'ai cessé d'essayer.

Antonio ramassa des caisses de vin Lombard Wines vides et les empila contre le mur à l'arrière du bâtiment.

Je jetai un coup d'œil dans la cave en désordre pendant que je cherchais des réponses.

— J'ai quelques idées… mais d'abord, rangeons et organisons-nous pour la mise en bouteille.

Je m'approchai de la table d'embouteillage et inspectai l'équipement. Au moins, la zone d'embouteillage était bien rangée. Elle était également poussiéreuse, comme si elle n'avait pas été utilisée depuis des mois.

Comme nous, la famille d'Antonio vivait à Westwick Corners depuis des générations. Les frères avaient hérité de Lombard Wines et de son vignoble après le décès de leurs parents. La cave était réputée pour son vin de qualité, mais surtout ces dernières années, alors qu'Antonio perfectionnait ses compétences en vinification. Quelque chose avait changé récemment, et nous devions le remettre dans l'ordre tant que c'était encore possible.

Je trouvai des bouchons à côté de la boucheuse et je cherchai dans la réserve intégrée derrière la table d'embouteillage des étiquettes et des bouchons en aluminium assortis. Au moins, ceux-ci étaient soigneusement organisés par ordre alphabétique. Je trouvai les étiquettes Lombard Wines Syrah noires et argentées et je les plaçai à côté des bouchons.

— Peut-être, pourrais-tu trouver un nouveau partenaire pour racheter la part de José ? suggérai-je.

Antonio secoua la tête.

— Qui achèterait cet endroit ? C'est loin de nos principaux marchés et le temps peut être capricieux. Nous ne pouvons plus faire de la concurrence.

— Ce n'est qu'un mauvais passage, Antonio. Tu avais du succès avant et tu en auras à nouveau — en commençant par la fête du vin.

— C'était avant que Désirée ne s'installe ici et commence Verdant Valley Vineyards. Elle a obtenu le meilleur stand au festival du vin et monopolise tous les acheteurs. Elle dit du mal sur mes vins pour rendre les siens plus attirants. Chaque année, elle nous vole une part de plus du marché. Elle a le juge dans sa poche, et elle gagnera à nouveau le premier prix comme elle le fait chaque année. Pourquoi me donnerais-je encore la peine de récolter mon vin ? Rien que d'y penser, ça me rend dingue.

— Ne lui donne pas ce plaisir. Ça ne doit pas t'affecter. Cette année sera différente, mentis-je .

Désirée LeBlanc était impitoyable et ne reculait devant rien pour être numéro un. Elle gagnerait certainement à nouveau, mais Antonio avait des raisons beaucoup plus graves de s'inquiéter que de remporter le prix du vin de l'année. Il risquait de perdre son entreprise et ses moyens de subsistance à moins de faire une présentation décente et d'attirer l'attention — et les portefeuilles — des acheteurs à la fête du vin. Le festival d'une journée représentait souvent la moitié des ventes annuelles d'un vignoble. Les acheteurs de vin venaient de tout le pays. La fête du vin de Westwick Corners était petite, mais stratégiquement programmée comme le dernier de plusieurs salons du vin dans l'État de Washington.

À peine cinq minutes s'étaient écoulées lorsque la porte s'ouvrit et que tante Pearl entra. Sur ses bras tendus étaient empilés deux caisses de bouteilles vides. Les boîtes en carton cachaient complètement son visage. Tout ce que je voyais derrière les cartons était un corps maigre dans un survêtement en velours violet.

— C'était du rapide.

Antonio ouvrit ses yeux.

— T'as dû rentrer chez toi par avion.

Tante Pearl sourit.

— C'était à peu près ça.

Je lui jetai un regard agacé. Elle n'était pas rentrée pour aller chercher les bouteilles de maman. Elle avait inventé ses propres bouteilles juste à l'extérieur de l'allée de la cave, probablement à la vue de tous ceux qui se trouvaient là pour l'observer. C'était une démonstration flagrante de sorcellerie — et contre les règles de la WICCA.

À bout de souffle, Tante Pearl se dirigea vers la table de mise en bouteille et déposa les cartons sur le sol. Elle inclina la tête vers la porte et le parking à l'extérieur.

— Le restant est dans la voiture. J'espère que ça suffira.

— Rien ne suffit. Antonio passa une main dans ses cheveux ébouriffés de sel et de poivre alors que nous marchions vers la voiture.

— Si vous me demandez, c'est trop peu, trop tard pour sauver le domaine.

— Non, du tout. Pense positif, Antonio, positif ! Nous allons te remettre sur les rails. J'ouvris le coffre et empilai trois cartons sur les bras tendus d'Antonio. J'attrapai deux autres cartons pour moi et le suivis dans la cave. Une fois finit d'empiler les cartons près de la longue table d'embouteillage, je me tournai vers lui.

— Ne t'en fais pas, Antonio. Nous allons y arriver ensemble.

Ensemble. Cela me rappelait Tyler et sa surprise. La seule autre fois où il avait agi si mystérieusement, c'était quand il m'avait amené dans sa ville natale pour me présenter à sa mère peu de temps après que nous avons commencé à sortir ensemble. Prévoyait-il une autre occasion importante ?

Nous n'avions pas officiellement parlé de mariage, mais nous nous dirigions définitivement dans cette direction. Tyler allait-il me demander en mariage ? J'imaginais notre mariage, une petite cérémonie intime dans le jardin, suivie d'une grande réception…

Soudain, un grand bruit me sortit de mes rêves.

Tante Pearl tapa dans ses mains et me cria à l'oreille.

— Cen ! Il y a quelqu'un ? Reprends-toi ! Une personne dans les vapes, c'est déjà grave, mais les deux, c'est trop. Je ne peux pas faire tout le travail toute seule.

— Je n'ai jamais dit que tu devais faire quoi que ce soit. Je ne t'ai même jamais invité.

— Eh bien, tu ne peux évidemment pas y arriver sans mon aide, et Antonio est une cause perdue. Tu n'attends tout de même pas que Tyler aille faire sa demande en mariage, n'est-ce pas ? Et s'il le fait, je mangerai mes chaussettes.

— Pourquoi devrais-je penser cela ? Je rougis alors que je rêvais à nouveau.

— Je sais tout, tout, tout, dit Tante Pearl en chantant.

— J'espère qu'il n'y aura pas de cadavre à ton mariage dans le jardin cette fois-ci.

— Quoi ? Mais alors !

Tante Pearl saurait-elle lire dans mes pensées ?

Tante Pearl ricana.

— Bien sûr que je sais lire dans tes pensées, Cen. Pourquoi crois-tu que j'attendais dans ta voiture ? Tu n'as dit à personne que tu aidais Antonio aujourd'hui. Je savais que cette affaire te dépassait. Une fois de plus, je suis venue à ta rescousse.

Seule grand-mère Vi savait lire dans mes pensées. Ce talent ne s'était développé qu'après avoir été transformé en fantôme. J'avais toujours pensé que c'était un pouvoir fantomatique, pas sorcier. J'espérais que Tante Pearl bluffait.

— Aah… tu as encore beaucoup à apprendre, Cen. Ton niveau de sorcellerie est au mieux basique. Tu sais ce qu'on dit : tu ne sais pas ce que tu ne sais pas. J'ai vu Tyler parler à Ruby quand j'ai ramassé les bouteilles. Peut-être que Tyler lui demande la permission de —

Maman adorait Tyler, alors bien sûr, la réponse serait oui. Mais je ne pensais pas que Tyler ferait ça. Nous sommes au vingt-et-unième siècle, après tout. Je n'étais pas un bien de famille à donner. J'étais la seule à avoir le droit de décider avec qui je voulais me marier. Tante Pearl avait sûrement tout inventé.

— N'oublie pas, Cen… je sais tout ce que tu penses.

Tante Pearl sortit son téléphone de sa poche et fit défiler quelques photos.

— Ah, voilà… la photo que j'ai prise de la Jeep de Tyler garée devant l'auberge. Il y a l'heure et la date estampillées, il y a quinze minutes.

— Fais-moi voir ça. Je lui arrachai le téléphone de sa main, et bien sûr, c'était vrai. La Jeep de Tyler était vraiment garée devant l'auberge. Était-ce une illusion, une partie du charme de tante Pearl ? Non, la photo devait être réelle parce que tante Pearl trouvait le photoshopping magiquement fastidieux et ennuyeux. Ce n'était tout simplement pas son genre de sorcellerie. Elle s'est davantage tournée vers les effets spéciaux et le drame. Si elle était derrière toute sorte de ruse impliquant Tyler et une demande en mariage, il y aurait presque certainement un incendie, des explosions et un marié tout à fait différent. Tante Pearl grimaça.

— Veux-tu savoir quelle est la surprise de Tyler ? Puisque je sais lire dans les pensées de tout le monde. Même dans celles de Tyler !

Je me couvris les oreilles et secouai la tête.

— Non. Je veux l'entendre de Tyler, pas de toi. Si elle était vraiment télépathique, j'aurais déjà entendu beaucoup de ragots juteux sur d'autres personnes parce que tante Pearl ne savait pas garder un secret. Elle devait bluffer, et je ne mordrai pas à l'appât.

Tyler révélerait sa surprise dans quelques heures.

À quel point l'attente pourrait-elle être difficile ?

CHAPITRE 4

ante Pearl, Antonio et moi portâmes les caisses de bouteilles restantes dans la cave et les déposâmes près de la table d'embouteillage.

Antonio soupira.

— Je ne peux pas supporter cela plus longtemps, Cen. La vinification est une forme d'art. Il faut du temps pour élaborer un vin de qualité. Maintenant, je suis en concurrence avec un groupe de start-ups qui ne cultivent même pas leurs propres raisins. Le marché est inondé de vin bon marché ces temps-ci.

Tante Pearl laissa échapper un long soupir.

— C'est dommage de devoir rivaliser avec cette bande d'idiots. Comme je te l'ai déjà dit, je suis prête à t'aider.

Je me méfiais de l'offre de tante Pearl parce que son aide avait toujours un prix. Je ne voulais pas que quelqu'un profite d'Antonio. Il avait aidé notre famille à traverser des moments difficiles et avait même aidé maman à établir sa propre cave. Maintenant, « l'Heure de Sorcellerie , un vin rouge de cépage Merlot créé par maman, était finalement assez bon pour participer à la fête du vin de Westwick Corners de cette année. Pas seulement assez bon, il était superbe.

Je me suis tournée vers tante Pearl.

— Comment comptes-tu aider Antonio exactement ?

— Secret industriel. Tante Pearl mit un doigt sur ses lèvres.

Je n'aimais pas son insinuation de sorcellerie. Je me tournai vers Antonio.

— C'est certainement un marché difficile en ce moment, mais tes vins sont exquis. Peut-être as-tu besoin de plus de marketing pour obtenir de la visibilité pour tes vins ?

Antonio secoua la tête.

— José dit qu'il fait la promotion de nos vins partout, mais que personne ne les achète parce qu'ils sont trop chers. Eh bien, ils sont au même prix depuis cinq ans maintenant, même si les dépenses ont augmenté. Je ne peux pas vendre à des prix qui ne couvrent pas nos frais, et je refuse de faire des compromis sur la qualité.

— Il doit y avoir une autre raison, déclara tante Pearl.

— Même Ruby fait des bénéfices après seulement quelques années. Peut-être que tu gaspilles —

Je lui coupai la parole.

— Maman fait un profit grâce à l'aide d'Antonio, tante Pearl. Je pense qu'Antonio sait ce qu'il fait.

Westwick Corners n'était pas exactement Napa ou Sonoma, et l'est de Washington n'avait pas le même cachet qu'un terroir californien.

Terroir était une description en un mot que les Français utilisaient pour décrire les nombreux facteurs environnementaux qui se combinaient pour rendre chaque vin unique. La lumière du soleil, la pluie, le vent, le sol, l'orientation de la cave et l'altitude ont tous créé l'essence ou le caractère de chaque vin. Les conditions ont créé des vins uniques et propres à chaque région et à chaque saison de croissance.

Westwick Corners est situé dans une vallée fertile avec un sol riche et limoneux. La chaîne de montagnes à l'est a bloqué la pluie et les nuages et nous a donné nos étés chauds et secs. Les nuits fraîches ont fourni des conditions parfaites pour les vins fruités et acides comme le Cabernet Sauvignon et les rouges corsés comme le Merlot et la Syrah.

Les étés chauds et secs de Napa et Sonoma ont fourni un climat optimal pour le Chardonnay, le Cabernet Sauvignon et le Pinot Noir.

Les chaudes journées d'été et les nuits fraîches de Westwick Corners ont également aidé à produire des vins fabuleux. La vallée de Westwick comptait en moyenne trois cents jours de soleil par an, quarante de plus que la vallée de Napa, légèrement plus petite. Nous étions plus au nord et moins connus et nos vignobles avaient tendance à être issus d'exploitations familiales plus petites. Tout cela se reflétait déjà dans nos prix.

L'heure de sorcellerie, le Merlot rouge de maman se vendait bien même s'il lui manquait de la notoriété. Pourquoi tout d'un coup Antonio, le mentor de maman et l'inspiration pour notre cave, était-il si malchanceux ?

— Il doit y avoir une autre raison que le prix. Tu n'as jamais eu de problème de vente avant.

Je ne voulais pas le pointer du doigt, mais une raison évidente était le manque d'offre, pas le manque de demande. Antonio ne faisait pas de vin du tout.

— José dit que nous avons perdu trop de parts de marché, et que c'est une bataille que nous ne pouvons pas gagner. Il veut vendre le domaine avant qu'il n'ait plus de valeur. Il fait pression depuis des mois, c'est pourquoi il ne veut plus m'aider. Il me force la main.

Les deux frères avaient hérité de la cave familiale il y a près d'une décennie. José avait son mot à dire sur la conservation ou la vente du domaine, même si Antonio effectuait la majeure partie du travail.

Il devait y avoir un autre moyen.

— Peut-être pourrions-nous le faire changer d'avis ?

Antonio secoua la tête.

— Pas question.

— Et si j'achetais la part de José ? dit tante Pearl avec un grand sourire.

— J'ai un excellent plan de redressement.

Je levai la main pour protester.

— Pas maintenant, tante Pearl.

— Tais-toi, Cen. Tu es toujours si rapide à vouloir me faire taire. Je veux juste aider.

Une voix de femme se fit entendre de l'extérieur, suivie de pas dans les escaliers de la cave. — Qu'est-ce qui se passe avec José ? Il n'est presque jamais là.

Quelques secondes plus tard, l'assistante d'Antonio, Trina, entra dans la cave. Elle portait une robe sans manches malgré le froid, son visage rouge était encadré par d'épaisses boucles blondes qui s'étaient échappées de sa queue de cheval. Son visage brilla de sueur alors qu'elle essuyait son front maladroitement d'une main.

— Tout ce que José veut faire, c'est mettre l'entreprise parterre. Je n'ai jamais entendu parler de quelqu'un qui sabote sa propre entreprise.

— C'est bon Trina, la rassura Antonio. Je leur ai déjà raconté que José continue à faire pression sur moi pour vendre l'affaire.

Trina regarda Antonio avec adoration.

— Sans ton travail acharné, il n'y aurait même pas d'exploitation viticole. Ça ne me regarde pas, mais je vais le dire quand même. Ton frère agit de manière égoïste et ingrate.

— C'est tout à fait ton affaire, Trina. Tu travailles au domaine depuis presque aussi longtemps que moi. Je n'y serais jamais arrivé sans toi. En effet, je ne te reprocherais pas d'aller voir ailleurs. Tu vaux tellement mieux que ça.

Antonio agita son bras autour de la pièce.

Trina jeta les mains en l'air.

— Que veux-tu que je fasse d'autre ? Je suis aussi engagée que toi, du moins émotionnellement. J'aime cet endroit !

Tante Pearl grommela et jura doucement.

— Tout aussi engagée… ha ! Elle n'en veut qu'à ton argent !

Trina fronça les sourcils.

— Quoi ?

— Laisse tomber. Je plaçai un bras sur l'épaule osseuse de tante Pearl et la dirigeai hors de portée des oreilles.

— Trina est l'une des principales raisons pour lesquelles cet endroit existe toujours. Elle est plus qu'une employée dévouée ; elle se soucie vraiment de la cave et d'Antonio.

— Ha ! C'est du cinéma. Cette bimbo folle d'amour veut juste s'emparer de la fortune des Lombards. Je parie que cette chercheuse d'or prépare déjà son mariage !

J'ai levai les yeux au ciel.

— Quel or y a-t-il à chercher ici ? D'après ce qu'Antonio dit, le domaine est presque en faillite.

— Je parie que Trina a saboté l'entreprise juste pour pouvoir le sauver. Elle veut le sauver de lui-même.

Tante Pearl sourit méchamment.

— Il est totalement obsédé par son vin et Trina est totalement obsédée par lui. Pas étonnant qu'ils soient tous les deux célibataires.

— Tante Pearl, n'interfère pas avec…

— Regarde-la, Cen. Elle ferait n'importe quoi pour lui, et le pauvre Antonio est complètement aveuglé.

— Trina n'est pas…

— Peut-être que tu as raison, dit tante Pearl un peu trop enthousiaste.

— Pourquoi es-tu soudainement d'accord avec moi ?

Tante Pearl sourit.

— Il y a toujours une première fois, Cen. J'ai travaillé sur moi-même, en essayant d'être plus agréable. Earl dit que c'est bon de voir tous les côtés d'un problème.

— Earl a raison. Tout le monde mérite le bonheur aussi, même toi et Earl.

À mon avis, le petit ami de tante Pearl était la meilleure chose qui lui soit jamais arrivée. Outre leurs noms en rimes, ils étaient l'exemple type de l'attraction des contraires. Sa nature décontractée calmait tante Pearl et la transformait en une personne plus agréable. Il trouvait ses pitreries hilarantes. Dans le fond, j'aimais la façon dont il la contrôlait.

— Hum… tu as peut-être raison. Antonio et Trina pourraient être un bon match, mais nous n'allons jamais le découvrir parce qu'Antonio ne va jamais faire le premier pas. Je peux réparer ça en un clin d'œil.

Tante Pearl agita les bras et marmonna sous son souffle :

· · ·

Reine des cœurs,

>*Laisse ces deux âmes s'emmêler,*
>*Envoie des flèches d'amours sans rancœur ,*
>*Laisse des promesses les entourer,*
>*Tendrement porté par le vent,*
>*Que le couple s'unisse maintenant.*

Le sortilège d'attraction !

Tante Pearl joignit ses mains.

— Ooh… ça va être amusant !

Je frissonnai, espérant que les résultats seraient meilleurs cette fois. Je me souvenais trop bien quand tante Pearl avait placé le même sortilège d'attraction sur moi et un gangster de Las Vegas. Cela ne s'était pas bien passé. Heureusement, le désastre a été évité lorsque le sort a été annulé involontairement en brisant du verre.

Briser les bouteilles de maman était hors de question parce qu'Antonio en avait besoin jusqu'à la dernière pour mettre son vin en bouteille. D'ailleurs, tout ce que j'aurais annulé aurait été refait quelques secondes plus tard par tante Pearl.

— Tante Pearl, inverse ton sortilège ! On ne peut pas jouer avec la vie des gens. Ils ne sont pas des pions dans un jeu.

— Si, si, effectivement, ils le sont. C'est ce qu'on appelle le « jeu d'A-M-O-U-R, Cen. Tu as dit qu'ils méritaient le bonheur, alors je les ai rendus heureux. Trina est enchantée qu'Antonio l'ait enfin remarquée. Regarde, même Antonio sourit.

C'était vrai. Antonio portait une expression de satisfaction sur ses lèvres, et Trina rayonnait de bonheur.

Antonio regarda Trina comme s'il la voyait pour la toute première fois. Son visage avait rougi, sa morosité et son malheur maintenant remplacés par le bonheur.

Trina rougit.

— Ce vin ne va pas se mettre en bouteille tout seul.

La voix d'Antonio était soudainement rauque.

— Non, en effet.

Ils se regardaient d'un air rêveur.

Comme ça le vin n'allait *certainement* pas se mettre en bouteille.

— Tout le monde fait une pause, dit tante Pearl. Je me chargerai de la mise en bouteille. Asseyez-vous, détendez-vous et ne vous inquiétez de rien.

Tante Pearl leva à peine le petit doigt pour faire le ménage à l'auberge Westwick Corners Inn. Je ne pouvais pas l'imaginer gérer tout le processus de la mise en bouteille alors qu'elle n'avait rien à y gagner. À moins, bien sûr, qu'elle ait quelque chose à y gagner.

— Annule ton sortilège ou je le ferai.

Techniquement, je ne pouvais pas enlever le sortilège d'une autre sorcière, mais je pouvais en superposer un autre sur le sien pour l'annuler. Cela pourrait rimer en chaos et je ne le ferais qu'en dernier recours.

J'étais tiraillé entre les deux. Si Trina et Antonio se rendaient mutuellement heureux, pour qui me prenais-je pour détruire ce bonheur ? D'un autre côté, nous avions un lot de vin à mettre en bouteille, et je doutais que tante Pearl tienne sa parole et termine la tâche. Dans le cas improbable où elle le ferait, quelqu'un - moi, en fait - devait défaire les différentes couches du sort.

Tante Pearl interrompit mes pensées.

— Tu ne penses pas qu'Antonio et Trina méritent un peu de romance ? En quoi cela est-il différent de ta folle obsession pour le shérif ?

— Il a un nom, tante Pearl. Nous ne sommes ni fous ni ensorcelés.

Ses yeux se plissèrent.

— Qu'est-ce que t'en sais ? Comment peux-tu être si sûre que je ne vous ai pas jeté un sortilège d'attraction à lui et à toi ? En fait, je l'avais fait.

— Tu ne ferais jamais ça parce que tu détestes Tyler.

En tant que shérif, Tyler était également l'ennemi juré de tante Pearl. Elle se croyait au-dessus des lois, et Tyler lui faisait sentir le contraire.

— Ce n'est pas vrai du tout. Je trouve juste que le shérif Gates est un peu pointilleux, c'est tout. Il propose constamment de nouvelles amendes et règles.

— Tu peux l'appeler Tyler. Il n'a pas inventé de nouvelles règles. Il applique simplement les lois que tu enfreins. Il ne fait que son travail, tante Pearl.

Tante Pearl soupira mélancoliquement.

— Je n'aurais jamais dû chasser ce dernier fainéant de shérif de la ville. Tu ne sais jamais ce que tu as jusqu'à ce que tu l'aies perdu.

— Absolument, je suis d'accord avec toi. Je me souviens qu'il y a un an, Lombard Wines fonctionnait normalement. Maintenant, annule ton sortilège sur Antonio et Trina.

— Plus tard. D'abord, je dois rassembler des informations.

— Sur Antonio ? Pourquoi ?

Tante Pearl leva les yeux au ciel.

— Punaise Cen, tu ne crois tout de même pas que je vais te le dire ? Tu prétends être une journaliste, mais tu manques toujours des opportunités. Tu as encore tant à apprendre.

J'étais sur le point de lui demander pourquoi elle ressentait le besoin d'espionner Antonio quand mon téléphone portable sonna.

Par coïncidence, c'était Tyler. Il allait enfin me parler de nos projets pour ce soir. Était-ce une bague de fiançailles ?

Je l'imaginais sur un genou, un écrin à bague en velours bleu à la main. Un beau solitaire, parfaitement dimensionné pour mon annulaire parce que Tyler était très attentif au détail. Nous déboucherions une bouteille de champagne. —

— Cen ? Tu es encore là ?

La voix de Tyler m'arracha à ma rêverie.

— Euh, ouais, désolée. J'essaie juste de tout organiser avec Antonio. Où es-tu en ce moment ?

— Je vais, euh… rentrer à la maison. Euh… à propos de ce soir – j'ai eu un contretemps. Pouvons-nous le faire demain à la place ? Après la fête du vin, bien sûr.

— Bien sûr, pourquoi ? Mon moral était en berne même si j'essayai de paraître optimiste.

— Je ne peux pas encore te le dire. Je viens te chercher demain matin vers 9 h pour la fête du vin ?

— Très bien; à demain alors.

Il ne mentionna pas la visite chez maman et je ne trouvai pas d'excuse pour l'interroger à ce sujet. Et s'il avait changé d'avis sur nous ? Que je suis bête d'avoir supposé qu'il allait me demander en mariage ! Qu'est-ce que j'ai bien pu imaginer ?

Je remis mon téléphone dans ma poche. Si tante Pearl nous avait vraiment jeté un sortilège d'attraction comme elle le prétendait, que se passerait-il si elle l'avait annulé ? Cela signifierait que l'amour de Tyler pour moi n'était pas réel, que notre avenir ensemble — Tante Pearl tira sur ma manche.

— Bon sang ! Cendrine, tu vas passer à autre chose, non ? Nous avons du taf !

Je la repoussai.

— Dans une minute !

J'avais besoin de me ressaisir ou tante Pearl verrait la déception écrite sur mon visage. J'avais attendu la surprise de Tyler toute la semaine. Maintenant, pour une raison mystérieuse, cela n'arrivait plus.

Je jetai un coup d'œil à Trina et Antonio. Ils avaient repris leurs esprits et avaient déjà préparé la table d'embouteillage. Maintenant, ils travaillaient assidûment et en parfaite synchronisation. Ils disposaient le vin de manière à ce qu'il soit prêt à être mis en bouteille. Ils alignaient les étiquettes, les bouchons et la boucheuse sur la chaîne de conditionnement.

Ils étaient vraiment faits l'un pour l'autre, sortilège ou non. Peut-être que les sorts de tante Pearl n'étaient pas si mauvais après tout. Parfois, on a besoin d'une étincelle pour allumer un feu.

Je rejoignis tante Pearl, mais pas avec la même nonchalance qu'auparavant. Elle assigna des tâches supplémentaires à Antonio et Trina.

— Par quoi dois-je commencer ? demandai-je.

Mais tante Pearl n'écoutait pas. Elle avait reporté son attention sur la fenêtre. À l'extérieur, un cabriolet Corvette rouge vintage franchit le portail principal de Lombard Wines.

CHAPITRE 5

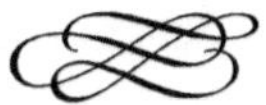

— Ooh... ça s'annonce bien.

Tante Pearl s'essuya les mains sur les cuisses et sortit.

Je ne savais pas ce qui se passait, je traînais derrière elle.

Le vent froid d'il y a quelques heures avait disparu. La température avait augmenté de quelques degrés, même s'il faisait encore frais à l'extérieur.

Le chrome et la peinture métallique rouge pomme d'amour de la Corvette vintage brillèrent au soleil alors que le conducteur dirigea la voiture en demi-cercle de sorte qu'elle faisait face au portail, prête pour une sortie rapide. La voiture était en parfait état, un modèle vintage du début des années soixante avec des pneus à flancs blancs et des jantes fantaisie.

La capote était baissée et je n'avais aucun mal à reconnaître la tête chauve du conducteur alors qu'il garait la voiture. Richard Harcourt, le directeur de la Westwick Corners Bank, avait apparemment échangé sa fourgonnette pratique contre une voiture de collection coûteuse.

Était-ce une voiture de crise de la quarantaine ? Il avait déjà une liaison avec une femme plus jeune, Désirée LeBlanc.

Je recentrai mes pensées sur la raison pour laquelle Richard était ici. Il fut également un juge de longue date au festival du vin, il ne devrait donc certainement pas fraterniser avec Antonio, un concurrent. D'autre part, Désirée fut aussi une concurrente et il avait certainement fraternisé avec elle. Y avait-il des arrangements de dernière minute pour le festival de demain ? J'espérais que non, parce que cela signifiait qu'Antonio et maman auraient encore plus de travail à faire.

Richard resta à l'intérieur de sa voiture, le moteur tournant au ralenti. Il ne semblait pas nous remarquer et n'était pas pressé de sortir. Mon estomac se noua, car quelque chose me disait qu'il ne s'agissait pas d'une simple visite de courtoisie. Antonio m'avait confié qu'il avait pris du retard sur ses versements hypothécaires. Un salon viticole réussi demain pourrait rapidement changer cela, bien sûr. C'était tout ce dont il avait besoin pour que l'argent recommence à affluer. Tout le monde savait que l'industrie du vin était saisonnière. Richard a sûrement eu la décence de donner à Antonio une petite marge de manœuvre pour régler les choses ? Alors que je courais à l'intérieur pour chercher Antonio, je savais déjà que cela n'arriverait pas.

La raison pour laquelle Richard était resté dans sa Corvette devint vite évidente. Il attendait quelqu'un.

La Cadillac noire de José entra dans le parking et se gara au hasard à quelques mètres de la Corvette de Richard. Les deux hommes sortirent de leurs véhicules et se dirigèrent vers l'entrée de la cave en chuchotant.

Avec ses un mètre quatre-vingt-dix-huit, Richard avait la distinction douteuse d'être le plus grand homme de la ville. Il a dû se baisser légèrement pour parler à José, qui, à un mètre quatre-vingt-deux, semblait beaucoup plus petit que sa taille réelle par rapport à Richard.

Bien que José soit quelques centimètres plus grand et plus mince que son frère aîné, il était évident que lui et Antonio étaient frères. Les deux avaient les mêmes cheveux courts, poivre et sel. Tous deux étaient bien rasés et bronzés, même si l'éclat de José était importé de la Côte d'Azur et qu'Antonio avait travaillé ce bronzage dans les vignes.

À ce moment-là, Antonio et Trina étaient sortis de la cave. Ils étaient tous les deux rougis et essoufflés. Il faisait toujours froid à l'intérieur de la cave, donc leur apparence surchauffée devait être le résultat du sortilège d'attraction de tante Pearl. Ils avaient évidemment fait quelque chose de beaucoup plus physique que la mise en bouteille de vin. Tante Pearl avait tendance à lancer ses sortilèges d'attraction au pire moment, bien qu'il fût clair sur le visage cramoisi d'Antonio qu'il était en colère de voir Richard et José. La magie puissante peut parfois être surmontée par des émotions encore plus puissantes.

La rage frémissante d'Antonio était évidente alors qu'il s'avançait. Ils serra les poings.

— Qu'est-ce qu'il fait ici ? chuchota Trina.

— Il est censé se diriger vers le sud pour livrer notre vin. Où est la camionnette ?

— Connaissant José, il s'est probablement retrouvé dans un fossé quelque part, ricana tante Pearl.

— Hi, hi, très drôle, dis-je avec sarcasme.

— Ce n'est pas censé d'être drôle. Continue à m'agacer comme ça, Cendrine, et je vais surcharger le sortilège d'attra —

Je levai la main pour protester.

— Non, tu ne feras pas ça !

— Tu veux faire quoi ? Trina lança un regard noir à tante Pearl.

— Peu importe, pas important en ce moment, dis-je.

Trina travaillait pour Lombard Family Wines depuis des décennies, elle se sentait donc naturellement propriétaire même si elle n'était qu'une employée. Au fil des ans, elle y avait laissé sa sueur au-delà de son salaire. Parfois, ces chèques de paie arrivaient en retard. Alors qu'il y avait peu d'emplois en ville, il y avait aussi peu d'employés avec une loyauté et un dévouement aussi féroces. Bien sûr, une partie de la raison en était qu'elle était amoureuse d'Antonio. Le sortilège d'attraction de tante Pearl avait déjà doublé ou triplé son dévouement.

José s'avança rapidement vers nous. Richard resta quelques pas en arrière.

— Nous devons parler , dit José.

Antonio croisa ses bras sur sa poitrine et regarda José.

— Oh, alors toi et Richard vous êtes tous les deux de mèche ? De quel côté es-tu, José ?

José leva les mains en signe de capitulation.

— Ce n'est pas ce que tu crois, Antonio. J'ai réfléchi... nous pouvons résoudre ce problème de trésorerie avec un peu d'aide extérieure.

Antonio rit.

— Richard nous a déjà coupé les vivres pour un prêt. Il ne voulait même pas nous laisser prendre une hypothèque. Maintenant, tu fais des choses derrière mon dos ?

— Ça tu me le fais tout le temps, dit José. Tu ne me consultes pas lorsqu'il faut prendre des décisions. Tu agis comme si tu étais le seul propriétaire de cet endroit, mais ce n'est pas le cas. J'ai une part égale et un mot à dire dans ce qui se passe ici.

Il jeta un coup d'œil à Trina, mais son expression était difficile à lire.

— Tu n'as jamais voulu t'impliquer auparavant. Tu ne fais même pas les travaux les plus basiques ici au domaine. Tu es censé être sur la route pour livrer notre vin.

— Où diable est-il passé ?

— Ça peut attendre, Antonio. Il y a quelque chose de beaucoup plus urgent.

Il fit un signe de tête à Richard.

— Dis-lui.

— J'ai fait tout mon possible pour vous aider à résoudre vos problèmes de trésorerie, mais je crains que nous ne soyons à court d'options.

Richard sortit une enveloppe de la poche de sa veste et la tendit à Antonio.

— Ce n'est pas officiel avant lundi, mais je voulais te donner ça maintenant pour que tu ne sois pas pris au dépourvu.

Antonio attrapa l'enveloppe et l'ouvrit avec des mains tremblantes.

— Une saisie ? À la veille de la fête du vin ? J'ai encore jusqu'à lundi pour effectuer les paiements.

— Techniquement, c'est vrai… mais nous savons tous les deux où cela nous amène, déclara Richard.

— Tu n'as même pas encore versé le paiement du mois dernier. Comme je viens de le dire, je t'informe officieusement de ce qui va se passer. Nous pourrons ainsi éviter tout embarras. Je suis désolé, Antonio. J'ai fait tout ce qui était dans mes pouvoirs, mais comme tu n'as pas payé… la banque m'a forcé la main.

Son visage était totalement vide d'émotions.

Il y avait de l'hostilité dans l'air, comme une étincelle qui ne tarderait pas à mettre le feu aux poudres. Je n'osais pas demander pourquoi tout cela était de la faute d'Antonio et non celle de José.

Antonio détecta immédiatement le manque de sincérité de Richard.

— Ouais, d'accord. Nous nous connaissons depuis des années, Richard. Comment t'as pu me faire une chose pareille ?

Richard évita le regard d'Antonio. Au lieu de cela, ses yeux se concentrèrent sur un point invisible à quelques mètres à gauche de nous.

— Règles du siège social, Antonio. Je ne peux rien y faire.

— Disons, tu ne veux rien y faire.

Antonio se tourna vers José.

— Et toi. Maintenant, tu complotes avec notre banquier pour reprendre possession de notre cave familiale ? C'est toi qui nous as conduits à la faillite avec toutes tes idées de marketing ratées et tes actions commerciales coûteuses. Ce domaine viticole nous appartient depuis des générations, José. Maman et papa ont travaillé toute leur vie pour en faire une exploitation à succès. As-tu oublié tout ça ?

— Maman et papa travaillaient 12 heures par jour, 7 jours sur 7, Antonio. Je ne veux pas être l'esclave d'une entreprise qui, même dans les meilleurs moments, a à peine couvert ses frais. Nous n'avons pas réalisé de profit depuis des années. Ce n'est pas viable.

— Il y a deux ans, quand les affaires allaient mieux, j'ai proposé de te racheter ta part. Pourquoi ne l'as-tu pas accepté ?

José se moqua.

— Tu m'as offert une fraction de ce que valait le domaine. Bien sûr que je ne l'ai pas accepté.

— L'offre était à la juste valeur marchande sur la base d'une évaluation professionnelle, déclara Antonio.

— Mon offre a déclenché la clause libératoire de notre accord, te donnant le droit soit de me racheter au même prix, soit d'accepter mon offre et de vendre tes actions. Exactement ce que tu prétends vouloir faire en ce moment, mais à un meilleur prix.

— Eh bien, tant pis pour moi. Maintenant que tu as ruiné ce domaine et que nous sommes fauchés, nous sommes à court d'options.

Antonio leva les mains en l'air par désespoir.

— Alors, c'est de ma faute maintenant ? Tu as toujours été un partenaire à part entière.

José jeta un coup d'œil à Richard qui fit un signe de tête à peine perceptible.

— Tu savais que ce jour viendrait, Antonio, dit Richard.

— Je t'ai prévenu à plusieurs reprises. Je suppose que tu ne l'as pas pris assez au sérieux.

Antonio jura sous son souffle et fit un pas en avant. Trina attrapa son avant-bras pour l'arrêter.

José prit une profonde inspiration.

— Écoute, je sais que c'est mauvais, c'est pourquoi j'ai travaillé avec Richard pour voir s'il y avait d'autres options. Des options non bancaires.

— Des options non bancaires ?

Antonio avait l'air prêt à frapper quelqu'un. La seule chose qui le retenait était Trina. Cela ne durerait pas longtemps.

— Richard pense qu'il peut trouver un acheteur, déclara José.

— Nous pouvons vendre le domaine et continuer notre vie.

— C'est une option, dit tante Pearl avec un grand sourire.

J'attrapai son bras et murmurai :

— Arrête !

— Aïe !

Elle dégagea son bras et grimaça.

Antonio nous lança un regard perplexe avant de se retourner vers José.

— C'est *ma* vie, José. Ou ne l'as-tu pas remarqué ?

Trina se mordit la lèvre, les yeux remplis de larmes.

Antonio glissa sa main dans la sienne.

José haussa les sourcils et regarda les mains du couple d'un air perplexe.

— Tu sais que c'est une bataille perdue d'avance, Antonio. La banque va faire une saisie. C'est notre porte de sortie, une offre que nous ne pouvons pas refuser.

— Va te faire voir ! Je ne vendrais pas.

Antonio cracha par terre, dangereusement près des pieds de José.

José fit semblant de ne pas s'en apercevoir.

Antonio se tourna vers Richard.

— Tu me forces à vendre ? T'as déjà trouvé des acheteurs ? Il n'y a pas de doute que tu profiteras aussi de l'accord. C'est immoral, Richard. Ton patron est-il au courant de tes affaires louches ?

Richard haussa les épaules.

— Tout est légal. Je n'étais pas obligé de le faire, Antonio. J'essaie juste de te sortir du pétrin.

— Qui est l'acheteur ?

Le silence complet.

— José ? Tu le connais déjà, n'est-ce pas ?

— Richard et moi avons réfléchi un peu en essayant de trouver une solution à ce désordre. Nous avons eu la chance de trouver quelqu'un qui s'intéresse à un petit domaine comme le nôtre. L'économie n'a pas été rose ces derniers temps et notre cave est assez isolée, tu comprends ? Des frais de transport plus élevés signifient que nous ne pouvons pas nous attendre à un prix exceptionnel. Mais je pense que, euh… on a reçu une offre équitable. Tu devrais être reconnaissant qu'on nous offre un petit quelque chose pour la cave et que nous ne rentrions pas complètement bredouilles.

— Tu parles comme si c'était fait, José, dit Trina.

— Pourquoi n'as-tu pas impliqué Antonio dans la discussion ?

José leva les mains, frustré.

— Tu sais, j'ai essayé, mais il n'est pas raisonnable. Il refuse d'en discuter.

— Qui est l'acheteur, José ? Pourquoi ne réponds-tu pas à la question d'Antonio ?

Trina était aussi bouleversée qu'Antonio.

José inspira longuement et tendit une enveloppe à Antonio.

— Voici l'offre. Avant de me crier dessus, lis-la jusqu'au bout. Ce n'est pas une fortune, mais c'est correct. Et l'acheteur est flexible sur la date de clôture. Je sais que tu ne vas pas être content, mais c'est la situation dans laquelle nous nous trouvons. C'est ce qui est le mieux pour nous deux.

Antonio sortit le contenu de l'enveloppe. Il survola l'accord, puis le jeta par terre.

— Désirée Leblanc ? C'est la dernière personne à qui je vendrais. Ce n'est pas important de toute façon. Nous ne vendons pas le domaine. Ni à Désirée ni à personne d'autre.

— Allez, Antonio. Soit nous rentrons bredouilles, soit nous acceptons l'offre généreuse de Désirée.

— Généreuse ? Tu rigoles ? Cette offre est inférieure à ce que je t'ai proposé en rachat il y a deux ans. Pour une bouchée de pain ! Espèce de traître ! Maman et papa ont travaillé si dur pour construire ce domaine, et tu la laisses nous le prendre.

— Nous sommes à court d'options, Antonio. Soit nous vendons, soit la banque saisit.

Antonio hurla.

— Tu vas le regretter !

José donna un coup de pied dans la terre, évitant les yeux d'Antonio.

Richard tapota sa montre.

— Lundi, Antonio. Tu as encore le temps de t'en sortir haut la main.

Antonio se tourna vers José.

— Tu es mort pour moi. Toi aussi, Richard. Si tu saisis cet endroit, je te tue !

CHAPITRE 6

*L*es pas de Richard craquèrent sur l'allée de gravier alors qu'il retournait à sa Corvette.

José le regarda partir. Il évitait tout contact visuel avec qui que ce soit. Il était évident qu'il préférerait être ailleurs qu'à cet endroit.

Tante Pearl brisa le silence.

— Quel tricheur ! Richard me rend malade. Ça ne lui suffit pas de présider le concours du festival du vin chaque année. D'abord un concours truqué, et maintenant il aide cette tumultueuse de Désirée à mettre ses petites mains arrivistes sur votre cave et votre vignoble. Je me demande ce que Valérie en pense ?

— Valérie ne s'en soucie plus, dit José.

— Elle a dit à Richard qu'elle voulait divorcer.

La liaison entre Désirée et Richard était de notoriété publique. Pourtant, pendant toutes ces années, Valérie avait supporté leur affaire à la vue de tous. Je devinai qu'elle en avait finalement ras la casquette.

— Oh… alors maintenant tu es au courant des derniers ragots ? grogna tante Pearl.

José soupira.

— Tout le monde en ville le sait, Pearl. Valérie a déposé les papiers du divorce hier. Elle en a assez de la liaison entre Richard et Désirée.

— Pas trop tôt, souffla tante Pearl, visiblement furieuse d'être l'une des dernières à être au courant.

Le silence emplit la pièce avant qu'Antonio ne finisse par demander d'un air réprobateur. — Dis-moi que tu as livré le vin, José.

— Non, je n'ai pas livré le vin. J'étais trop occupé à essayer de trouver un accord pour sauver cet endroit… sans aucune reconnaissance de ta part, ajouterais-je. Sais-tu ce que cela signifie de travailler avec toi, Antonio ? Tu es un maniaque du contrôle total, qui a toujours besoin de tout avoir à sa manière. Tu ne te soucies que de tes stupides bouteilles de vin et tu ignores l'ensemble. Ce vignoble n'est pas rentable. Nous sommes fauchés et il est trop tard pour faire quelque chose. J'ai hâte d'être enfin libéré de tout ça.

— Ouais, eh bien peut-être que si tu t'inquiétais plus à ce sujet, nous ne serions pas dans ce pétrin. Je vais livrer le vin. Dis-moi juste où est la camionnette. Donne-moi les clés.

Antonio tendit sa paume et fit signe pour les clés.

José se pencha pour ramasser l'offre d'achat rejetée.

— Calme-toi. Je livrerai le vin une dernière fois. Je vais prendre la camionnette tout de suite et partir dans l'heure. Je ferai toutes les livraisons jusqu'à la frontière mexicaine. Cela me prendra une semaine, mais je livrerai jusqu'à la dernière bouteille. J'encouragerai également tous nos clients à payer en espèces. Ce n'est plus important de toute façon. À partir de lundi, nous ne serons plus propriétaires du domaine. Mais je le ferai quand même, juste pour me débarrasser de toi.

— Si nous perdons le domaine, c'est entièrement de ta faute. Livrer le vin – si tu tiens parole – c'est trop peu, trop tard. Tu es paresseux et exigeant. Tu ne penses qu'à toi.

— Peu importe. Tu vas le regretter, Antonio.

José se retourna et se dirigea vers sa voiture sans se retourner. Il démarra le moteur et roula en demi-cercle à quelques mètres devant nous. Puis il fit hurler le moteur, et accéléra en nous pulvérisant de gravier alors qu'il sortait du parking.

— Imbécile.

Antonio cracha sur le sol.

— Côté positif, José ne sera plus là pendant quelques jours, déclara Trina.

Les deux frères étaient aussi différents que le jour et la nuit. Ils avaient essayé de s'éviter l'un l'autre, communiquant plutôt par appels et SMS à travers Trina. Sans cela, les choses se seraient gâchées déjà plus tôt.

Antonio donna un coup de pied dans la terre.

— Trahi par mon propre frère. Nous n'avons jamais été proches, mais je pensais que nous étions tous les deux prêts à travailler dur pour assurer le succès de notre domaine familial. Nous avons nos différences, mais je n'aurais jamais imaginé qu'il abandonnerait notre entreprise familiale pour une poignée de sous. Là encore, José fait toujours passer ses propres besoins avant ceux des autres.

Trina lui tapota le bras de manière rassurante.

— Il doit y avoir d'autres options. Et si tu vendais plutôt les raisins et le vin de cette année à Désirée, plutôt que d'abandonner le vignoble ? Tu sais qu'elle voulait t'acheter du raisin depuis des années. Oublie ce concours stupide.

Antonio secoua la tête.

— Je ne vends pas. Ni à Désirée ni à qui que ce soit d'autre. J'ai travaillé toute ma vie pour faire des vins Lombards ce qu'ils sont. L'étiquette Verdant Valley Vineyards de Désirée ne sera jamais apposée sur une bouteille de vin Lombard. Elle peut acheter d'autres vins de domaine pour se faire passer pour les siens, mais elle ne mettra jamais son étiquette sur les miens. Je ne ferai pas partie de sa tricherie.

— Mais si elle finit par acheter le domaine, cela se produira, déclara Trina.

— Elle peut l'acheter maintenant, ou attendre que la banque le saisisse. De toute façon, elle a assez d'argent pour l'acheter. Elle va probablement être la nouvelle propriétaire. Richard va tout faire pour. Au moins de cette façon, tu pourrais avoir ton mot à dire.

— Trina a raison, dis-je.

— Les moments désespérés nécessitent des mesures désespérées. Vends-lui simplement les raisins et le vin pendant un an ou deux, le temps de te remettre sur pied. Bien sûr, cela implique qu'il faut aussi avoir du vin pour le vendre, mais un problème à la fois.

— Il faudra me passer sur le corps, dit Antonio.

Trina ouvrit ses yeux.

— Tu n'as pas besoin de te suicider pour cela. Nous allons trouver un moyen.

Officiellement, Trina n'était qu'une employée dévouée et de longue date. Mais à y regarder de plus près, elle était tellement plus. Malgré les complications liées à la magie de tante Pearl, elle se souciait manifestement beaucoup d'Antonio et avait les meilleures intentions du monde dans son cœur. Et elle était pratique et orientée vers les affaires. Au moins, le sortilège d'attraction augmentait les chances qu'il écoute ses conseils bien intentionnés.

— Je sais quoi faire, dit tante Pearl avec un grand sourire comme si l'idée venait juste de germer dans son esprit.

— Je vais racheter la part de José et je serai ton partenaire. Je vais hypothéquer le Westwick Corners Inn, sortir un peu d'équité de notre propriété et injecter beaucoup d'argent dans cet endroit.

Je haletai.

— Tu ne peux pas hypothéquer l'auberge. Tu es copropriétaire avec maman et tante Amber, et elles ne seraient jamais d'accord. C'est trop risqué.

Alors que c'était gentil de la part de tante Pearl d'aider Antonio, notre pension de famille était littéralement notre pain quotidien. Nous ne pouvions pas nous permettre de nous endetter davantage et peut-être subir éventuellement le même sort qu'Antonio.

— Tu penses qu'Antonio représente un risque de crédit ? Mon Dieu, Cen, ce n'est pas très gentil !

— Je n'ai jamais dit —

Tante Pearl se tourna vers Antonio.

— Honnêtement, j'ignore de qui elle a hérité ce comportement. Cendrine n'a aucune empathie pour les autres.

Il n'y avait pas grand-chose que je pouvais faire pour ne pas tomber dans le piège que tante Pearl m'avait tendu. Je pris une profonde inspiration.

— Même si maman et tante Amber étaient d'accord, tu n'arriverais jamais à organiser le financement à temps.

Tante Pearl leva les yeux au ciel.

— Purée, Cendrine, pourquoi faut-il toujours que tu coupes les cheveux en quatre ? Nous trouverons l'argent pour Antonio, coûte que coûte. Mais faisons les choses dans l'ordre. Nous devons mettre ce vin en bouteille pour la fête du vin. Il ne va pas se mettre en bouteille tout seul, alors remettons-nous au travail.

Trina sourit.

— Je vais chercher plus de bouchons.

— Je t'accompagne, dit Antonio.

Nous les regardions disparaître derrière les grandes cuves en inox.

Tante Pearl soupira et me lança un regard éloquent.

— Regarde ces deux tourtereaux. Il est sur le point de faire faillite et elle continue à l'adorer. Si ce n'est pas le véritable amour, je ne sais pas ce que c'est. Au diable les millions, ces deux-là sont faits l'un pour l'autre.

CHAPITRE 7

*P*rès de dix minutes s'étaient écoulées avant le retour d'Antonio et de Trina. À en juger par leur apparence échevelée, ils avaient cherché bien plus que des bouchons sur une étagère.

Tante Pearl se racla la gorge.

— Hum… Antonio. J'ai une nouvelle proposition pour toi. Si tu ne veux pas de moi comme partenaire, tu peux m'embaucher comme consultante à la place. Tu sais que je suis une travailleuse acharnée et que j'ai des compétences *très* spéciales qui pourraient accélérer la production.

— Un bon vin ne peut pas être prêt avant l'heure , déclara Antonio.

— Il faut le temps qu'il faut. Il a besoin de temps pour grandir, mûrir et vieillir. Je suis sûr que tu peux apprécier ça, Pearl.

Les yeux de tante Pearl se plissèrent.

— Tu veux dire que je suis trop vieille ?

Il secoua la tête.

— Bien sûr que non. Je voulais seulement dire mature, comme –

Trina intervint.

— Le vin, c'est comme l'amour. La vinification, c'est comme faire…

Tante Pearl leva la paume de sa main.

— Arrête ces foutaises sentimentales. Tu es en train de commettre une grosse erreur, Antonio. Tu as besoin de moi si tu veux améliorer cet endroit.

Trina haussa les épaules.

— Antonio sait ce qui est le mieux pour le domaine.

Tante Pearl roula des yeux et se moqua de Trina avec des mots formés en silence : *Antonio sait ce qui est le mieux.*

Mon pouls s'accélérait. Si Tante Pearl perdait son sang-froid avec Trina, sa magie deviendrait encore plus irresponsable. Il était hors de question que je laisse cela se produire.

— José a promis de faire les livraisons, alors concentrons-nous sur ce dont nous avons besoin pour la fête du vin, dis-je. Nous allons embouteiller autant que possible et nous faire des soucis pour tout le reste plus tard.

Trina sourit.

— Nous allons tout ramener à la normale.

Tante Pearl secoua la tête.

— Non, tu n'y arriveras pas, Trina. Jamais ça ne pourra être comme avant. José est un naze, ton vin Lombard est merdique, et je ne sais pas ce qui est arrivé à Antonio. Tu n'as aucun espoir de renverser la situation. En tout cas, pas sans moi.

— Tante Pearl !

Elle était toujours incroyablement franche, mais ça, c'était trop. Je me tournai vers Antonio et Trina.

— Ne faites pas attention à elle. Ayons des pensées positives. Une étape à la fois.

Tante Pearl rit.

— Cendrine rêve, comme d'habitude. Hé, faisons des rimes ! Tu sais, j'adore inventer des rimes. Hum… voyons voir…

Elle commença à claquer des doigts dans un battement lent et jazzy :

. . .

LOMBARD LE VIN
  Il est simplement divin,
  Il vieillit avec le temps,
  N'importe comment,
  Il sera bon,
  D'abord, on le met en bouteille,
  Puis, on le dorlote et surveille,
  Pour obtenir un goût sublime,
  À chaque fois, c'est magissime !

Trina applaudit avec joie.
— J'adore ça !
Tante Pearl frotta ses paumes et me sourit.
— Tu as dit que nous devrions avoir des pensées positives, alors c'est exactement ce que j'ai fait, Cen.
Mon cœur battait quand je réalisai que Tante Perle venait de lancer un autre sortilège. Elle avait amélioré le vin ! C'était de la tricherie, pure et simple.
— Tante Pearl, arrête ! murmurai-je en colère.
Tante Pearl jeta un coup d'œil à Antonio et Trina, mais ces deux-là se regardaient amoureusement et ne nous écoutaient certainement pas.
— Arrêter quoi ? Tu veux que les vins de Lombard tombent en ruines ? Tu veux qu'Antonio perde tout ce pourquoi il a travaillé si dur ? Tu veux que Trina perde le seul travail qu'elle a eu depuis le lycée ? Tu veux que j'arrête tout pour que ces deux-là puissent retourner à leur existence misérable ?
— Bien sûr que non ! Je ne veux rien de tout ça. Mais lancer des sortilèges est la mauvaise façon de tout réparer.
Je mis vite les mains devant ma bouche. Je haletai. J'avais presque révélé le secret. Malgré de vagues rumeurs sur la ville selon lesquelles notre famille excentrique était des sorcières, personne ne le prenait vraiment au sérieux. Antonio et Trina ne savaient pas du tout que

Tante Pearl était une sorcière expérimentée dotée d'incroyables pouvoirs surnaturels. Et qu'elle n'avait pas seulement jeté un sortilège d'attraction sur eux, mais aussi un sortilège sur le vin.

Heureusement, ni Antonio ni Trina n'avaient entendu mon allusion.

— Ce n'est pas un sortilège, Cen. C'est juste de la poésie.

Tante Pearl sourit en répétant le sortilège :

LOMBARD LE VIN
Il est simplement divin,
Il vieillit avec le temps,
N'importe comment, il sera bon,
D'abord, on le met en bouteille,
Puis, on le dorlote et surveille,
Mais pas pour longtemps.
Ce vin est un bon remontant,
Cet élixir magnifique
Presque chorégraphique,
Or et argent
C'est urgent
À propos de ce vin,
Il est simplement divin.

— Je pense que cette version fonctionne un peu mieux pour Antonio, n'est-ce pas ?

Les oreilles d'Antonio se redressèrent au son de son nom.

— Hé, il me plaît se poème ! Pourrais-tu le répéter ? J'ai raté le début.

Tante Pearl fit un clin d'œil à Antonio.

— Bien sûr que oui !

— *Lombard le vin*

Il est simplement divin,

Il vieillit avec le temps —

Avant que je ne puisse protester, Trina leva la main pour arrêter Tante Pearl.

— C'est beau. Laisse-moi prendre ma guitare et nous le mettrons en musique. Nous en ferons la chanson thème de Lombard Wines.

Bien qu'une chanson thème puisse être un bon stratagème marketing, il n'y aurait pas de vin sur le marché si nous ne le mettions pas en bouteille.

Tante Pearl fit semblant de ne pas entendre Trina et recommença à réciter :

Lombard le vin

Il est simplement divin,

Il vieillit avec le temps —

— Arrête ça tout de suite !

Je mis ma main sur la bouche de tante Pearl.

— Tu peux pas faire ça —

— Je ferai ce que je veux, petite mam'selle rabat-joie. Tu es tellement déprimante. Maintenant, enlève ta main de ma bouche !

Tante Pearl écrasa son pied sur le mien encore et encore.

— Aïe !

Je relâchai ma main et trébuchai en arrière dans la douleur. Il était inutile d'argumenter que tante Pearl était le vrai problème. Ses sortilèges provoquaient toujours des problèmes imprévus, mais il n'y avait aucun moyen de l'expliquer sans dévoiler toute notre mystérieuse existence. Le seul point positif de ce sortilège était qu'il semblait remonter le moral d'Antonio.

Il me lança un regard perplexe.

— Pourquoi tu maltraites Pearl, Cen ? Tu n'exagères pas un peu, non ?

C'est tante Pearl qui exagérait un peu, pas moi. Mais de plus amples explications me feraient passer pour une folle furieuse.

— Désolée…, je ne sais pas ce qui m'a pris. Concentrons-nous sur la mise en bouteille du vin.

— OK.

Antonio me lança un regard méfiant.

— Ce n'est pas à moi que tu dois des excuses. La poétesse Pearl essayait seulement de me remonter le moral. Pas vrai, Pearl ?

Mon visage rougit alors que je fixais ma tante. Je ne pouvais pas expliquer sans révéler que ma tante avait jeté des sortilèges, et non pas écrit des chansons. Malheureusement, mon accord silencieux me fit apparaître comme une brute, ou pire, aux yeux d'Antonio.

Tante Pearl fredonna doucement sous son souffle.

— *Ce vin est simplement divin...*

— Tricheuse, murmurai-je.

— J'essaie juste d'égaliser le terrain de jeu, dit-elle.

— Tu veux dire contre Désirée ? Ce n'est pas son vin qui gagne le concours. C'est parce qu'elle couche avec le juge. Ton sortilège ne va pas arrêter ça.

— Ce n'était pas le but non plus, déclara Tante Pearl.

— Je voulais dire le même terrain de jeu pour qu'Antonio ait une chance contre Ruby's Merlot Rouge L'heure de sorcellerie. Tu penses qu'elle a fait ce merlot toute seule ? Lors de sa première tentative de vinification ?

— Tu es jalouse, tante Pearl. Maman était si fière de son vin et à juste titre. Elle y avait travaillé très dur, suivant à la lettre les instructions d'Antonio. Maman serait furieuse de l'ingérence de tante Pearl.

— Je ne suis pas jalouse.

Elle agita un doigt vers moi, puis a fit la moue comme une fillette de deux ans.

— Il n'y a pas de quoi être jaloux.

Antonio était inconscient de la crise de colère de tante Pearl alors qu'il levait un verre de vin de Syrah pour porter un toast.

— Aux amies qui aident des amis.

Il sirota le vin, le garda un moment dans sa bouche pour le goûter avant d'avaler. — Mmm... je pense que ce vin est encore meilleur que notre millésime 2001. En fait, cela pourrait être la meilleure Syrah que nous ayons jamais produite.

Trina et Tante Pearl levèrent leurs verres pour porter un toast.

— Santé, dirent-ils à l'unisson avant de goûter le vin.

Je jetai un coup d'œil à la table et remarquai un verre de vin restant. Je ne me souvenais pas que quelqu'un ait réellement versé le vin ou m'ait proposé un verre. Tante Pearl m'avait-elle ensorcelée aussi ?

— Prends ton verre et bois, Cendrine, dit tante Pearl.

— Nous n'avons pas toute la journée.

C'était comme si elle avait lu dans mes pensées.

<h1 style="text-align:center">CHAPITRE 8</h1>

Nous avions fini de mettre le vin en bouteille quelques heures plus tard. C'était étonnamment rapide, compte tenu de la quantité que nous avions réussi à mettre en bouteille. Je jetai un coup d'œil autour de la cave. Les caisses à vin de trois profondeurs étaient soigneusement empilées en rangées le long du mur latéral. Quelque chose clochait. Il y avait beaucoup plus de vin que nous n'aurions pu en mettre en bouteille, même en une journée entière.

J'attendis qu'Antonio et Trina soient hors de portée de voix lors d'un autre voyage en bas jusqu'à la cave. Je me tournai vers tante Pearl.

— Nous n'en avons mis en bouteille qu'une fraction. D'où vient le reste du vin ?

Tante Pearl haussa les épaules.

— Qu'importe. Les problèmes d'Antonio sont résolus pour le moment, tant qu'il peut le vendre.

— Tu as lancé un sortilège, dis-je.

— Nous avions une échéance impossible à tenir, alors j'ai un peu accéléré les choses. Personne ne le saura. Antonio et Trina avaient d'autres choses en tête, et tu ne diras rien.

— C'est de la tricherie, tante Pearl. Je ne veux pas faire partie de tout ça. Tu accuses Désirée de tricherie, mais tu fais exactement la même chose.

– Non, Cen. Contrairement à Désirée, je n'utilise pas le vin des autres en le réétiquetant comme si c'était le mien.

J'agitai mon doigt devant son nez.

— Tu es pire parce que tu fais du faux vin.

— Je ne t'ai pas vu te plaindre quand tu le buvais, dit-elle.

— Annule le sortilège, tante Pearl.

— Le sortilège sur le vin d'Antonio ou celui sur le vin de Ruby ?

— Non, tu n'as quand même pas osé ?

— J'ai bien peur que oui. Je deviens trop vieille pour garder une trace de tous les sortilèges actifs que j'ai en cours en ce moment.

— N'y a-t-il pas un moyen de le savoir ? Je me demandais si elle en avait lancé un sur moi. Si c'était vrai, je ne saurais pas comment le savoir, et cela ne servait à rien de demander parce que je n'aurais jamais une réponse claire.

Tante Pearl secoua la tête.

— Pas dans ce cas-ci. J'ai des sortilèges superposés à d'autres sortilèges. Maintenant, les choses sont trop compliquées, même pour moi. Je ne me souviens pas où je me suis arrêtée.

— T'as une bonne mémoire, tante Pearl. Arrête de trouver des excuses et annule tes sortilèges. Antonio ne gagnera pas en trichant.

— Il ne sait pas ce qui est bon pour lui, Cen. La tricherie est le seul moyen de survie des vins Lombard. Tout le monde le fait. Je dois au moins égaliser les chances contre cette tricheuse Désirée. Personne ne peut nier que le vin d'Antonio est le gagnant. En fait, il est tellement bon qu'il dépasse celui de Ruby.

— Donc c'est ça le fond du problème ? Tu essaies de battre maman parce que tu es jalouse de ses compétences en vinification ?

— Bien sûr que non, dit-elle. Le Merlot rouge de Ruby, l'Heure de Sorcellerie, est absolument exquis. Mais celui-là – il est au-delà de l'exquis. C'est à tomber par terre.

— Si tu n'annules pas ton sort, alors c'est moi qui le ferai, prévins-je.

— Tu ne peux pas annuler le sortilège d'une autre sorcière, Cen.

Même si tu en étais capable, cela compterait aussi comme de la tricherie.

— Chiche ! J'étais sur le point de lancer un sortilège d'inversion quand Antonio revint de la cave avec une Trina rouge et essoufflée derrière lui.

Je ne croyais pas un seul instant que mon inversion d'un sortilège malavisé était de la tricherie. Je remettais les choses en ordre.

Mon sort annulait simplement les méfaits de tante Pearl et remettait Antonio et son vin là où ils avaient commencé. Mais remettre tout dans l'ordre signifiait également qu'Antonio ne serait pas prêt pour le salon du vin, et qu'il n'aurait même pas la moindre chance de sauver Lombard Wines.

Était-ce vraiment ce que je voulais faire ?

Inverser le sortilège de tante Pearl signifiait éliminer l'espoir.

Je suivais les règles, mais je n'étais pas sans cœur.

Dans quel genre de monde vivrions-nous si nous n'avions pas d'espoir ?

CHAPITRE 9

Une légère bruine tombait du ciel lorsque Tyler arriva pour m'emmener au festival du vin peu avant 9 heures.

Je voulais lui poser des questions sur la journée d'hier et nos plans annulés, mais je décidai de ne pas le faire. Il était calme et réservé, comme s'il avait quelque chose en tête.

Il n'avait pas l'air dans son assiette.

Il me surprit en train de le contempler et me jeta un coup d'œil.

— Qu'est-ce qu'il y a ?

— Rien, dis-je.

— Tu as l'air un peu… préoccupé.

— Juste un peu fatigué, Cen. Désolé pour hier soir. Je vais me rattraper, je te le promets.

Je souris, me sentant un peu mieux. Passer toute la journée avec Tyler au festival du vin ne me dérangeait pas, même si je ne pouvais pas m'empêcher de m'interroger sur sa surprise. À en juger par son humeur, j'avais le sentiment que la surprise serait reportée aujourd'hui aussi. Je le repoussai de mon esprit. Si j'en espérais trop, je serais forcément déçue.

La fête du vin commençait officiellement dans une heure, mais notre arrivée matinale me laissa le temps de voir chaque stand et de bavarder avec les exposants avant que le lieu ne se remplisse de dégustateurs éméchés. J'avais encore quelques détails de dernière minute à ajouter à mon article sur la fête du vin. Il était presque complet, à l'exception des noms des vins gagnants dans chaque catégorie et de tous les événements de la journée. Mais surtout, je voulais m'assurer que le stand d'Antonio était opérationnel. Compte tenu de son état mental actuel, je n'étais pas sûr qu'il puisse tout organiser, même avec l'aide de Trina.

Tyler venait de s'engager sur le parking de l'école lorsque nous avons dû contourner le camping-car imposant de tante Pearl.

Pearl's Palace était garé au hasard à deux endroits, bloquant partiellement l'entrée. Des tables étaient installées à l'extérieur du camping-car, occupant une place de stationnement supplémentaire.

Elle l'avait certainement fait exprès pour causer des ennuis et pour voir, si elle pouvait s'en tirer. Elle espérait probablement provoquer une confrontation avec Tyler juste pour le plaisir. Il était maintenant le deuxième plus ancien shérif en service, et elle ne l'avait pas encore chassé de la ville. Je ne doutais pas une seule seconde qu'elle mourait d'envie d'essayer.

Ses pitreries amusèrent surtout Tyler, même si je me demandais ce qu'il penserait du sortilège d'attraction qu'elle avait placé sur Antonio et Trina. Sans parler du sortilège d'amélioration qu'elle avait placé sur le vin d'Antonio, et probablement aussi sur le vin de maman.

Il y avait certaines choses que je ne pouvais tout simplement pas dire à Tyler. Alors qu'il savait que nous étions des sorcières, je ne voyais pas l'intérêt de révéler des choses auxquelles il ne pouvait rien faire. Cela ne ferait que le frustrer.

Tante Pearl avait sa baguette dans tout.

Et si elle avait réellement placé un sortilège d'attraction sur Tyler ? Son affection pourrait être due à la formule magique.

Non… c'était stupide. Tante Pearl devrait constamment rafraîchir les sortilèges, ce qu'elle trouverait trop fastidieux et laborieux. Elle n'avait absolument rien à gagner à ce que nous soyons un couple. Elle ne prendrait certainement pas le risque de voir son ennemi juré se marier dans sa propre famille.

Sauf, si elle avait prévu de mettre fin aux choses avant que cela n'arrive. Je regardais par la fenêtre et mon inquiétude grandissait.

Mais c'était idiot. Tyler m'aimait, tout comme je l'aimais. Nous avions un avenir ensemble.

Il n'y avait pas de sortilège d'attraction, c'était notre attirance mutuelle, stimulée par nos intérêts communs et le temps que nous passions ensemble.

Je regardais par la fenêtre du siège passager de la jeep. Le parking, à moitié plein, grouillait de monde. La plupart des exposants venaient d'arriver. Ils déchargeaient les caisses de vin des pickups et des camionnettes et manœuvraient avec précaution les chariots remplis de leurs précieux liquides à travers le parking vers la porte du gymnase grande ouverte.

Tyler contourna le camping-car de Pearl et gara la jeep à côté de la Corvette de Richard. La capote du cabriolet était abaissée.

— Je ferais mieux de trouver Richard pour qu'il puisse remettre le toit.

Tyler leva les yeux vers les nuages sombres annonçant une tempête.

— On dirait que le ciel va nous tomber sur la tête.

En sortant du siège passager, je remarquai deux caisses de Verdant Valley Vineyards de Désirée LeBlanc sur la banquette arrière. Si ce n'était pas une démonstration flagrante de favoritisme et de corruption, je ne savais pas ce que c'était. Désirée les avait probablement plantées là exprès, comme si elle marquait son territoire ou quelque chose comme ça.

Je racontai à Tyler l'avertissement de Richard concernant la saisie et l'intérêt de Désirée pour l'achat de Lombard Wines.

— J'espère que les choses ne vont pas dégénérer. Antonio n'a pas grand-chose à perdre. Et il ferait n'importe quoi pour empêcher Désirée d'acheter sa cave. Même s'il refuse son offre, elle peut simplement acheter la cave une fois la banque saisie.

Tyler glissa sa main autour de la mienne et nous marchâmes main dans la main sur le parking jusqu'à l'entrée du gymnase de l'école.

— Il doit y avoir quelque chose que nous pouvons faire. Richard exerce beaucoup trop de pouvoir dans cette ville. Il peut faire ou défaire des fortunes, même s'il a un pouvoir discrétionnaire sur la façon dont il applique les règles. La saison des vins est arrivée, tout comme les mois les plus rémunérateurs de Lombard Wines. Richard peut sûrement donner à Antonio un peu d'espace pour respirer. Je vais voir si je peux le raisonner.

— Vas-y et essaie. Mais Richard a déjà pris sa décision.

À peine étions-nous entrées dans le bâtiment que nous avons failli percuter tante Pearl.

Son survêtement rouge à paillettes et son bandeau assorti vibraient pratiquement alors que les plafonniers de la salle de sport reflétaient chacun de ses mouvements. Elle avait l'air d'un mélange entre une prof d'aérobic des années 1980 et une reine de la discothèque. Heureusement, il n'y avait pas de boule disco ni de lumières stroboscopiques.

Elle lança ses mains en l'air dans une panique exagérée.

— Cen, on a un problème. Antonio —

Antonio passa devant nous.

— Cen, j'ai oublié le vin ! Trina garde le stand pendant que je rentre à la maison et que je le récupère. Je reviens tout de suite.

— Comment as-tu pu oublier tout le but de —, dis-je, mais je m'interrompis de suite, bien que je sois frustrée que tous nos efforts d'hier n'aient servi à rien. Peut-être qu'inconsciemment, Antonio voulait vraiment abandonner et tout remballer. Mais il ne pouvait pas l'avouer à son frère. Où à lui-même.

Mais foirer était un désastre encore plus grand parce que Lombard Wines n'était pas seulement le gagne-pain d'Antonio, c'était aussi sa maison. Si elle était saisie, il serait aussi sans abri.

Je jetai un coup d'œil à Tyler qui avait déjà eu une discussion animée avec tante Pearl au sujet des petites places de stationnement et de son camping-car garé de travers.

— Déplace cette monstruosité dans la rue, Pearl. Fais-le maintenant et tu n'auras pas d'amende. Il lâcha ma main et lui fit face.

Le porte-clés de tante Pearl tinta lorsqu'elle le fit tournoyer devant le visage de Tyler.

— Le terrain de l'école est une propriété privée, shérif. Tes contraventions ne fonctionnent pas ici.

— Le lot en est, mais une partie du camping-car est dans l'allée. Cette partie-là est un bien public.

Tyler sortit un carnet contraventions de la poche de sa veste et commença à écrire.

Tante Pearl fit la moue.

— Demande-moi gentiment et je pourrais considérer ta requête.

— C'était un ordre, pas une requête, Pearl.

Ne voulant pas être impliquée dans leur dispute, je me suis discrètement éclipsée et je me suis dirigée vers l'entrée du gymnase. Je franchis la porte ouverte et j'entrai dans le gymnase. À l'intérieur, les exposants avaient mis en place des stands pour les vignobles locaux et régionaux. Il y avait aussi d'autres stands. Les boulangers et artisans locaux avaient aussi leurs produits à vendre ; il y avait de tout, des muffins alléchants au miel artisanal et à la confiture. Je cherchai le stand de Lombard Wines et je le repérai de l'autre côté du gymnase. À ce moment précis, Trina leva les yeux et me fit signe.

Je lui fis un signe en retour et traversai le gymnase.

À mi-chemin, j'ai failli tomber sur Désirée LeBlanc. Elle portait un débardeur long rose avec encolure festonnée qui accentuait sa peau parfaitement bronzée. Ses collants blancs épousaient sa taille et ses hanches et étaient glissés dans des bottes de cow-boy en cuir de veau rose. Elle portait une taille 34, avait beaucoup de jolies courbes à offrir et pas un gramme de graisse.

Désirée laissa échapper un cri exagéré, comme si j'étais la dernière personne sur terre qu'elle s'attendait à voir.

— Cendrine ! Exactement la personne de ce que je cherchais. Je suis désolée de ne pas avoir pu te rencontrer plus tôt dans la semaine, mais j'étais tellement occupée avec les préparations pour le festival. Tu peux m'interviewer maintenant.

Désirée passa une main manucurée sur ses longs cheveux blonds. Chacun de ses ongles terriblement longs était verni en rose et embelli d'un minuscule verre à vin en paillettes d'or.

— Ce n'est pas le moment, Désirée, dis-je. Je dois d'abord m'occuper d'autres choses.

— Et les photos ? Tu veux les prendre maintenant ou ça peut attendre plus tard une fois que j'ai gagné ?

Désirée plissa les lèvres et battit des cils. Elle posa ses mains sur ses hanches dans une pose exagérée.

Je l'ignorais et regardai Trina. Je voulais lui parler d'Antonio avant qu'il ne revienne.

— Je peux revenir vers toi plus tard ? Je suis un peu pressée en ce moment.

— Je vois ça. Si je ne savais pas mieux, je penserais que tu viens juste de rentrer des champs. Ses yeux bleu pâle évaluèrent froidement mon t-shirt ample, mon jean et mes bottes usées comme si j'étais du bétail lors d'un spectacle à la foire de l'agriculture. C'était typiquement Désirée qui me remettait à ma place avant même de tenir le trophée entre ses mains. Parfois, elle me tape vraiment sur les nerfs. Je tentai de lui jeter un charme maléfique, mais je me suis arrêtée. Je ne m'abaisserais pas à son niveau.

Je me retournai pour la contourner, mais elle bloqua le passage.

— Ce sont vraiment… des bottes *intéressantes*, Cendrine. J'ai entendu dire que le vintage est le dernier cri. Oh, et autre chose… il paraît que Ruby's Merlot rouge L'Heure de Sorcellerie est un concurrent pour gagner le vin le mieux *amélioré* de cette année, déclara-t-elle.

— Je ne sais pas si elle peut y arriver avec cette étiquette hideuse. Ce serait vraiment dommage si cela se résumait à ça, n'est-ce pas ?

Je déglutis et sentis mon visage rougir. J'avais créé l'étiquette moi-même et j'étais assez fière de mon talent artistique.

— C'est le vin à l'intérieur de la bouteille qui compte.

— Euh… non, Cendrine. La présentation c'est tout. À moins que vous ne fassiez une bonne première impression avec une bonne image de marque, autant abandonner dès maintenant. Cette étiquette moche, ça craint. Juste un petit conseil amical de quelqu'un qui s'y connaît.

Elle sourit, ses quenottes parfaites d'un bleu blanc transparent sous les brillants plafonniers.

J'aurais pu la frapper. Mais je me retins.

— Merci de ton conseil, je vais en faire part à la personne concernée.

— Ah oui, autre chose, Cen… Ruby est ta maman et tout, j'espère que ton reportage sera impartial.

— Pas d'inquiétude. La victoire, réitérée de Désirée pour le vin de l'année, était à peu près acquise. C'était déjà le cas ces cinq dernières années, depuis sa liaison avec Richard. Pourtant, elle a eu le culot d'insinuer que mes rapports ne seraient pas impartiaux ? Peu importe. Le *Westwick Corners Weekly* n'était pas exactement le magazine spécialisé dans le *Wine Spectator*. Mais cela ne semblait pas gêner Désirée. Tout, aussi petit soit-il, devait être arrangé en sa faveur.

Je pris une profonde inspiration.

— En parlant d'impartialité, avez-vous vu le juge Richard ?

J'ai ajouté « juge » à son prénom, ma façon passive-agressive de lâcher une remarque sur le jugement partial.

— Hum… J'ai vu Richard il y a une minute. Il déchargeait sa voiture. Je suis sûre qu'il est quelque part dans le coin.

Si Richard était en train de décharger sa voiture, alors il n'y avait pas besoin de le prévenir que la pluie s'aggravait. Il s'en rendrait compte en temps utile pour remettre la capote de la Corvette. Je n'avais aucune envie de lui parler après ce qui s'était passé hier.

Tout ce que j'avais dit à Désirée à propos de maman semblait la satisfaire, car elle m'a finalement laissé continuer mon chemin jusqu'au stand des vins Lombard. Trina avait fait un bon travail en organisant la table pour la dégustation de vin. Elle l'avait recouverte d'une jolie nappe de lin blanc avec une bordure ajourée. C'était un beau geste qui ne durerait pas plus longtemps que dix minutes avant qu'elle ne devienne tachée de vin. Des gobelets de vin en plastique étaient empilés de manière artistique en une grande pyramide, comme une fontaine de champagne. Derrière les verres se trouvaient deux bouteilles solitaires de Syrah de Lombard Wines.

Tout était parfait, mais il manquait du vin. Antonio ferait mieux de se dépêcher de revenir.

— Ça a l'air bien, Trina, dis-je.

Trina sourit. La perfection est tout, n'est-ce pas ? C'est une véritable bénédiction qu'Antonio ait dû retourner à pied au vignoble, sinon la troisième guerre mondiale aurait éclaté. Désirée se pavanait sans cesse devant Antonio, se vantant de sa réussite, alors que le pauvre est sur le point de perdre son gagne-pain.

— Pas si j'ai mon mot à dire. Je n'avais pas la moindre idée de la façon dont j'allais aider, mais je voulais paraître confiante. Nous pourrions sûrement trouver quelque chose.

— Que faire, Cen ? Même si nous recevons des tonnes de nouvelles commandes de la part des acheteurs de vin aujourd'hui, cela ne rapportera pas assez d'argent à temps pour empêcher la banque de saisir. Je ferai n'importe quoi pour aider Antonio. Si j'avais assez d'argent, je réglerais moi-même les paiements hypothécaires en retard. Mais je ne l'ai pas.

— En fait, je suis presque fauchée, moi aussi. Je n'ai pas été payé depuis un mois.

— Wow…, désolée d'entendre ça. Les finances des vins Lombard étaient encore pires que je ne le pensais. S'il n'y a jamais eu un motif justifié pour une intervention magique, c'était bien celui-là. Les règles contre le sort pour le profit étaient assez strictes, mais si cela signifiait sauver quelqu'un d'être sans-abri ? Des exceptions pourraient sûrement être faites.

Non.

Il devait y avoir un autre moyen que d'enfreindre les règles de la WICCA. Je ne pouvais pas utiliser mon pouvoir de sorcellerie pour un gain financier, même si c'était au bénéfice d'une autre personne. Sinon, j'étais aussi mauvaise que tante Pearl.

— Je vis de mes économies, déclara Trina.

— Désirée m'a offert un emploi, mais je ne l'accepterai pas. Je ne pourrais pas ça à Antonio.

— Il a beaucoup de chance de t'avoir, dis-je.

— Essaie de l'éloigner de Richard si tu peux. Nous ne voulons pas une répétition d'hier.

Trina hocha la tête. Jusqu'à présent, tout va bien, bien que Désirée ait déjà lancé quelques méchancetés. Elle a proposé à Antonio de venir travailler pour elle aussi. Il a failli exploser.

Le stand de maman était à côté, et elle avait entendu notre conversation.

— Tu dois gagner ta vie, Trina, dit maman.

— Je suis sûre qu'Antonio comprendrait que tu aies besoin de trouver un autre emploi. Si je le pouvais, je t'engagerais moi-même.

— C'est possible, dis-je.

— Désirée m'a dit que tu allais probablement gagner le prix du « vin le plus amélioré cette année.

— Vraiment ? Ça serait vraiment formidable. Maman rayonna.

— Comment le sait-elle ?

— Elle ne le sait pas, dit Trina.

— C'est l'insulte voilée de Désirée. En fait, ce qu'elle voulait faire sous-entendre, c'est que ton vin était horrible l'année dernière.

— Oh, m'enfin. Maman n'avait pas l'air si inquiète que ça.

— Peut-être, c'était le cas. J'ai tellement appris d'Antonio au cours de la dernière année. Mon nouveau merlot rouge l'Heure de Sorcellerie est une amélioration considérable par rapport au millésime de l'année dernière.

Je voulais avertir maman que tante Pearl avait peut-être lancé un sortilège d'amélioration sur son vin, mais je ne pouvais rien dire devant Trina. Cela n'avait probablement pas d'importance parce qu'il était trop tard pour faire quoi que ce soit à ce sujet. Tante Pearl n'est pas censée t'aider l'installation du stand ? demandai-je au lieu de cela.

Pearl m'a annulé parce qu'elle a dit qu'elle devait aider Antonio de vendre son vin. Maman baissa la voix. Trina était occupée à empiler des cartons de vin vides dans un tas à quelques mètres derrière les stands, alors elle ne pouvait rien entendre.

— Antonio a de gros ennuis, n'est-ce pas ?

Je l'ai renseignée sur l'offre de José, la menace de saisie de Richard et le refus d'Antonio de traiter avec l'un ou l'autre.

— Pour couronner le tout, il a oublié d'apporter presque tout son vin aujourd'hui. C'est comme s'il avait perdu la tête. Je l'ai aidé du mieux que j'ai pu. À moins que les choses ne changent, il va tout perdre lundi.

Trina revint, les yeux larmoyants. Je viens de m'en rendre compte. Ce sera ma dernière fête du vin. Au moins, ma dernière fête du vin avec Lombard Wines.

Maman tapota le bras de Trina.

— Nous allons trouver un moyen, Trina. Passons à autre chose aujourd'hui et amusons-nous. Nous ne laisserons pas tomber Antonio, je te le promets.

Qu'est-ce que maman voulait dire par là ? Envisageait-elle de recourir à la sorcellerie ou avait-elle quelque chose de plus pratique en tête ?

Maman me fit un clin d'œil.

— Voici ton petit ami.

J'ai jeté un coup d'œil derrière moi et j'ai vu Tyler traverser le gymnase en direction de nous. Il affichait un air d'autorité, même sans uniforme. Son jean et un t-shirt noir épousaient son corps maigre et musclé aux bons endroits. Alors qu'il s'approchait, mon cœur fit un bond. J'avais envie de me jeter dans ses bras. J'ai ressenti une vague d'émotions qui n'avait rien à voir avec un quelconque sortilège de tante Pearl.

Tyler sourit alors que son regard rencontrait le mien.

— Alors tout baigne jusqu'à présent ?

Je hochai la tête, puis je me retournai vers Trina.

— J'espère que tout se passera bien aujourd'hui. Après le festival, je ferai tout ce qui est en mon pouvoir pour empêcher la cave de tomber dans…, dis-je et je m'interrompis avant de dire « les mains des ennemies.

Tyler posa la main sur mon épaule.

— Où est Antonio ?

Trina expliqua qu'Antonio était allé récupérer son vin oublié et ajouta :

— Il a été tellement désorganisé ces derniers temps. Tous ses problèmes d'argent ont vraiment commencé à peser sur lui. Peut-être que la proposition de Désirée est mieux que rien. Il aurait un peu d'argent. Il pourrait l'utiliser pour démarrer une nouvelle cave tout seul sans José.

Maman hocha la tête.

— Un nouveau départ est une bonne idée.

— Où est tante Pearl ? J'ai scruté le gymnase, mais il n'y avait aucun signe de ma tante aux paillettes rouges étincelantes.

— La dernière fois que je l'ai vu, elle déplaçait son camping-car, expliqua Tyler.

— Elle n'était pas trop contente, mais d'une certaine manière, je l'ai convaincue que plus de places de parking pour tout le monde signifiaient un meilleur chiffre d'affaires. Elle a fini par me donner raison.

Cela m'a semblé étrange, mais encore une fois, tante Pearl avait été particulièrement utile ces derniers temps. La veille elle était pressée de mettre le vin d'Antonio en bouteille. Avait-elle changé d'attitude, ou préparait-elle quelque chose ?

Maman sourit.

— Je ne serais pas surprise si Pearl faisait une sieste dans son camping-car. Elle m'a dit qu'elle n'avait pas fermé l'œil toute la nuit. Elle était épuisée par tout ce travail d'hier.

J'ai froncé les sourcils. La majorité de son travail avait été de lancer des sortilèges, pas de travail manuel, donc cela n'avait pas beaucoup de sens.

— Nous ne pourrons pas détrôner Désirée, mais l'un d'entre nous pourra peut-être remporter la deuxième place, déclara Trina.

— Cela devrait convaincre les acheteurs de vin d'essayer nos vins.

— Au moins, il y a deux juges supplémentaires cette année, déclara Tyler.

— C'est une grande amélioration par rapport à Richard. Le jugement devrait au moins être plus impartial.

Je haussai les épaules.

— Trois juges au lieu d'un est bien en théorie, mais cela ne changera pas le résultat final. Richard les a triés sur le volet. L'un est un caissier de banque à temps partiel qui veut un emploi à temps plein. L'autre est le copain de golf de Richard. Ils feront ce qu'il leur dicte et approuveront simplement la victoire de Désirée, dis-je. Les juges supplémentaires furent le résultat d'un tollé public l'année dernière, et Richard avait accepté à contrecœur de partager les fonctions de juge. Malheureusement, seules deux personnes se sont portées volontaires.

Trina fronça les sourcils.

— Tu ne peux rien faire, Tyler ? La corruption n'est-elle pas illégale ?

— Techniquement oui, mais c'est difficile à prouver et encore plus difficile à poursuivre, déclara-t-il.

— C'est tellement dommage que ce soit un concours fixe chaque année, dit Trina.

— C'est frustrant de penser que Lombard Wines arrive en deuxième position pour la cinquième année consécutive. Personne n'a eu de chance depuis que Désirée a ouvert son faux domaine viticole. Elle achète le vin des autres et le fait passer pour le sien. Tout le monde le sait et pourtant nous ne pouvons rien y faire.

Du coup, j'entendis la voix de tante Pearl.

— Si le shérif ne fait rien, il est grand temps de faire justice soi-même.

Ses mots sonnaient un peu troubles, comme si elle avait déjà plongé dans le vin. Bien sûr, tout le monde buvait au festival du vin, mais cela n'avait même pas encore commencé. Une tante Pearl ivre signifiait que sa propension à la magie désordonnée venait de monter d'un cran.

— Ben, Pearl…, dit Tyler et leva la main pour faire une objection.

Je me tournai vers Tyler.

— Est-ce qu'elle buvait déjà quand tu l'as demandée de déplacer son camping-car ?

— Ne parle pas de moi comme si je n'étais même pas là !

Tante Pearl se fraya un chemin entre nous et se retourna pour nous faire face. Le vin rouge dans son verre en plastique bougeait dans tous les sens tandis qu'elle vacillait sur ses jambes. C'était une bonne chose qu'elle portait du rouge.

— Tu es bourrée ! J'essayai de lui prendre le verre de la main, mais elle ne me laissa pas faire. Elle retira brusquement sa main et, ce faisant, aspergea du vin partout.

— Voilà, regarde ce que t'as fait, Cendrine !

Tante Pearl vacilla sur ses jambes en étudiant son verre vide.

— Hips… maintenant, touuuuuut est batiiii…

Elle recula de plusieurs pas.

Je la rattrapai par la taille et elle me fit presque tomber alors que j'essayais de la calmer.

D'où venait ce vin ? Aucun des stands de dégustation de vin n'avait encore ouvert.

La voix de tante Pearl se fit plus forte alors qu'elle tituba.

— Écoute-moi, Shérif. Si tu laisses cette parodie de justice se poursuivre encore longtemps, nous allons bientôt prendre l'affaire en main. Hips… je dois dire cependant, que la Syrah des Vins Lombard est incroyable, grâce à mon, hips… aide de dernière minute.

Elle avait le hoquet.

Je jetai un coup d'œil inquiet dans le gymnase, craignant que Désirée, Richard ou d'autres ne le remarquent. Heureusement, son babillage à haute voix se perdit dans le bourdonnement des conversations de la foule de plus en plus nombreuse.

Le gymnase se remplit rapidement. Il y avait maintenant près d'une centaine de personnes. Certains étaient des locaux, d'autres que j'ai reconnus comme acheteurs de vin et d'autres gens de l'industrie vinicole. Les autres étaient des bénévoles et des gens des villes voisines qui cherchaient à se distraire un samedi. La fête de vin de Westwick Corners était le seul jour de l'année où les gens pouvaient boire pendant la journée et ne pas se sentir coupables.

Tyler soupira.

— Calme-toi, Pearl. Je vais voir ce que je peux faire. Tu as vu Richard dans le coin ?

Tante Pearl hocha la tête.

— Hips… il est parti. Il a quitté le parking comme si sa culotte était en feu. Elle hoqueta.

— Vient de passer devant le Pearl's Palace.

Tyler fronça les sourcils.

— Richard est parti ? Le festival va bientôt commencer. À-t-il dit où il allait ?

— Ne l'a pas dit, hips… et je ne l'ai pas demandé non plus, déclara tante Pearl.

— Hips… l'interrogatoire est-il terminé ou dois-je faire appel à un avocat ?

La bouche de Tyler montra un sourire involontaire.

— T'es vraiment rigolote, toi.

Cela ne fit qu'énerver davantage tante Pearl.

— Je m'en fiche de ton attitude de suffisance ridicule. J'ai mieux à faire maintenant.

Elle se retourna et s'éloigna d'un pas instable, se dirigeant vers la porte de sortie.

— Elle va dormir dans son camping-car, dit maman. J'irai la voir plus tard.

Trina sourit.

— Tout va bien. Si Richard est en retard, alors ça donne plus de temps à Antonio pour revenir ici avant que tout ne commence. Je craignais qu'il soit en retard et qu'il soit disqualifié.

Il n'y avait aucune raison pour que Trina, en tant qu'employée de Lombard, ne puisse pas représenter la cave, mais au fil des ans, la fête du vin avait développé toutes sortes de règles obscures comme excuses pour disqualifier les candidats pour des raisons techniques. L'une de ces règles était que le propriétaire de la cave devait être présent.

Cela m'a rappelé que ma présence n'était pas strictement sociale. Alors que j'écrivis des articles sur chaque concurrent dans les semaines précédant la fête du vin, mon prochain article me demandait de goûter chaque vin ensemble avec les juges et de donner mon propre avis impartial. Mon classement différait parfois des résultats officiels.

En fait, cela différa presque toujours.

C'était ce que Désirée avait insinué à propos de l'Heure de Sorcellerie, le Merlot rouge de maman. Eh bien, elle n'était pas ma patronne, et je pouvais écrire ce que je voulais. Et je ne mentirais pas si je soulignais les mérites de la délicieuse Syrah d'Antonio. Désirée ne pouvait rien y faire.

Tyler pressa ma main.

— Une fois que le jugement — et le drame — sera terminé jusqu'à l'année prochaine, je pourrai enfin te faire une surprise. Une idée de ce que c'est ?

— Non, parce que tu ne me donneras aucun indice.

Chaque fois que je demandais des indices à Tyler, ses lèvres restaient fermées.

Maman sourit.

— Ooh Cen... tu vas être si heureuse !

— Qu'est-ce que tu sais à ce sujet, toi ? demandai-je.

— Quand vais-je le découvrir ?

— Bientôt, dit Tyler.

— Très prochainement. Pas vrai, Ruby ?

— Puis-je avoir un indice ? demandai-je.

Juste à ce moment-là, le téléphone portable de Tyler bourdonna et alors qu'il écoutait l'appelant, son expression se transforma en une profonde inquiétude. Il me regarda, puis Trina alors qu'il parlait dans son téléphone.

Il sortit les clés de sa poche et prit un air sérieux.

— C'était Antonio.

— J'espère que tu lui as dit de se dépêcher avec le vin, dit Trina.

— Ces deux bouteilles ne tiendront même pas cinq minutes.

Tyler secoua la tête.

— Oubliez tout cela. Richard est mort. Il est dans la cave de Lombard Wines.

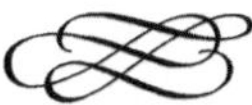

CHAPITRE 10

— Je dois partir. Cen, tu viens avec moi. Tyler se retourna et je le suivis.

J'avais du mal à rattraper Tyler qui traversa le gymnase à pas rapides en direction de la sortie. Pendant que nous marchions, il appela la police de Shady Creek pour demander des renforts.

Tyler était le seul gardien de la paix à Westwick Corners, de sorte que la police de Shady Creek le supportait lorsque nous avions des enquêtes criminelles importantes à mener. La plus grande ville se trouvait à une heure de route, il faudrait donc un certain temps avant que l'aide n'arrive. La police scientifique nous rejoindrait au vignoble.

En tant que civile, je ne pouvais rien offrir de plus que du soutien moral, mais j'avais de très bons pouvoirs d'observation. D'ailleurs, en tant que journaliste, je me dirigeai vers la scène de crime d'une manière ou d'une autre.

— Antonio m'a dit que les pompiers étaient déjà là, déclara Tyler alors que nous traversions le parking pour rejoindre sa Jeep. Notre ville était trop petite pour employer des ambulanciers paramédicaux. Les pompiers volontaires formés aux premiers secours étaient les premiers à arriver sur les lieux d'une urgence. La plupart des appels concernaient des raisons médicales, pas des incendies.

Une pluie constante tomba alors que Tyler déverrouillait la Jeep et me fit signe de monter du côté passager.

Alors que je m'asseyais, je vis que la capote de la voiture de Richard était toujours baissée.

— Attendez ! Trina traversa le parking en courant.

— Je viens avec vous.

Avant que Tyler ne puisse faire une objection, elle monta sur la banquette arrière.

Alors que Tyler sortit du parking dans la rue, je repérai l'énorme camping-car de Tante Pearl, maintenant garé dans la rue. Bien que le camping-car de luxe soit maintenant légalement garé, les portes étaient complètement étendues de sorte qu'il obstrue toujours la circulation des piétons et des véhicules.

Il y avait un autre problème. Il y avait beaucoup plus de tables et de chaises, qui étaient maintenant installées tout le long du boulevard. Beaucoup de gens circulaient, dont certains marchaient sur la route. Quelque chose de rouge attira mon attention, c'était tante Perle dans sa combi-pantalon à paillettes scintillantes avec une serviette sur l'épaule. Elle n'était pas allée faire la sieste dans le camping-car. Au lieu de cela, elle servait activement des boissons à une douzaine de personnes avec un grand plateau qu'elle tenait dangereusement en équilibre sur son bras maigre. Son état d'ivresse d'il y a quelques instants n'était qu'une farce.

Elle leva les yeux à ce moment précis et nos regards se croisèrent.

Tout aussi rapidement, elle se détourna, évitant mon regard. Comme si elle avait quelque chose en tête. Ça ne faisait pas l'ombre d'un doute ! Mais peu importe ce que c'était, il faudrait attendre.

Je levai ma tête au plus haut pour mieux regarder pendant que nous passions. Comme je le soupçonnais, elle avait trouvé un moyen de gagner rapidement de l'argent. Je reconnus les cartons empilés à l'extérieur du camping-car comme des caisses du Merlot rouge de maman, l'Heure de Sorcellerie et la Syrah des vins Lombard.

Pas étonnant qu'Antonio n'ait pas eu de vin. Il ne l'avait pas oublié.

C'était tante Pearl qui l'avait réquisitionné. Maintenant, je comprenais pourquoi elle avait si hâte d'aider à mettre le vin en bouteille. C'était pour qu'elle puisse le vendre à profit aux frais d'Antonio et de maman.

Je soupirai.

— Elle recommence.

Tyler soupira.

— C'est la deuxième fois de suite qu'elle enfreint la loi. Elle n'a pas de permis pour un bar en bordure de route.

Trina tendit le cou alors que nous passions devant le camping-car.

— C'est notre vin ! Pearl nous l'a volé.

— Je suis désolée, Trina.

— Elle est incontrôlable.

Je soupirai, sachant que rien ne pourrait l'arrêter.

— Je ne peux pas faire grand-chose pour le moment, déclara Tyler.

— Je vais m'occuper de son cas plus tard.

Même si c'était encore le matin, cela promettait d'être une journée remplie de crimes.

CHAPITRE 11

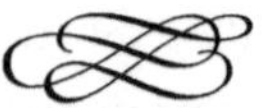

Antonio attendait devant Lombard Wines. Il était trempé par la pluie, ses cheveux collés contre son visage rougi. Il faisait des allers-retours, marmonnant de manière incohérente.

Sa chemise blanche était tachée de sang sur le devant et sur les manches retroussées. Ses mains et ses avant-bras étaient tachés d'une couleur cramoisi vif alors qu'il nous faisait un signe frénétique.

Tyler s'arrêta devant le pickup d'Antonio.

Trina sauta de la Jeep et courut vers Antonio, les bras tendus.

— Trina, arrête. Cela pourrait être une scène de crime. Tyler courut après Tina et attrapa son avant-bras pour l'empêcher de toucher Antonio. Il posa une main sur chacune de ses épaules et la retint alors qu'elle tendait les bras pour embrasser Antonio.

— Ne le touche pas !

— Ah, très bien. Les épaules de Trina s'affaissèrent et elle baissa les bras. Elle recula. — Antonio, que s'est-il passé ? Ça va ?

Antonio secoua la tête. Tout son corps trembla.

— Richard est dans la cave à vin. Je ne sais pas comment il est arrivé là parce que nous l'avons verrouillé hier et n'y sommes pas retournés depuis.

Trina hocha la tête.

— Je ne comprends pas comment Richard est entré... j'ai vu Antonio verrouiller la cave et le bâtiment, vendredi après-midi, Tyler. Antonio a même revérifié les serrures.

Tyler fronça les sourcils.

— À quelle heure cela s'est-il passé ?

— Vers l'heure du dîner vendredi, après le départ de Cen et Pearl, dit Trina.

— Le vin avait déjà été chargé dans le pickup hier soir, donc nous n'avions pas besoin d'aller dans le bâtiment ce matin.

— À quelle heure es-tu partie, Trina ?

Trina rougit.

— Non. Je suis restée toute la nuit et j'étais avec Antonio tout le temps. Je suis absolument certaine que les portes du bâtiment et de la cave à vin étaient verrouillées. J'ai même entendu le déclic de la serrure de la cave à vin.

— Antonio, que s'est-il passé ?

— Je je ne sais pas. Je suis descendu dans la cave à vin et je l'ai déverrouillée avec mon code et mon scan d'empreintes digitales comme je le fais toujours. Je suis entré et c'est là que j'ai trouvé Richard.

— La porte de la cave était fermée quand tu es arrivé ? Tu es sûr qu'elle était verrouillée ?

Antonio hocha la tête.

— Est-ce qu'elle se verrouille automatiquement lorsque tu fermes la porte ? demanda Tyler.

— Oui. Tu n'as besoin que du code et de l'empreinte digitale pour déverrouiller la porte. Elle se verrouille automatiquement lorsque tu fermes la porte.

Tyler hocha la tête.

— D'accord. Je te parlerai dans quelques minutes, mais pour l'instant, j'ai besoin que tu restes ici jusqu'à ce que je revienne.

— Où vas-tu ? demanda Antonio.

— À la cave à vin. La porte est ouverte ?

— Oui, dit Antonio à voix basse.

— La porte est maintenue ouverte par un tonneau de vin.

Près d'Antonio se trouvaient deux pompiers volontaires. Leur camion de pompiers était garé à quelques mètres du pickup d'Antonio. Le service des pompiers volontaires s'occupait à la fois des incendies et des urgences médicales. De toute évidence, l'urgence était passée.

Tyler fit signe aux deux hommes de se diriger vers la Jeep où ils seraient hors de portée d'Antonio et Trina. Je suivis. Tyler ne s'y opposa pas.

Le pompier plus âgé, Mark, parla à voix basse.

— Il est à l'intérieur, en bas dans la cave à vin, plusieurs coups de couteau à la poitrine et au cou.

— T'es sûr qu'il est mort ? demanda Tyler.

Mark acquiesça avec la tête et avala avec difficulté.

— Personne ne pourrait survivre à ça. Richard est mort de chez mort. Il y avait tellement de sang que je ne pouvais même pas le reconnaître jusqu'à ce qu'Antonio me dise que c'était lui.

Tout le monde en ville avait des relations avec Richard. En tant que chef de la seule banque de la ville, il décidait si votre prêt hypothécaire ou votre prêt aux petites entreprises était approuvé ou refusé. Il exerçait beaucoup de pouvoir dans la vie des gens et souvent pas dans le bon sens. Je ne savais pas qui le voudrait mort, mais beaucoup de gens ne l'aimaient pas beaucoup. Antonio avait un mobile, mais il n'était certainement pas le seul.

Je voulais en savoir plus sur les blessures de Richard, mais c'était l'enquête de Tyler, pas la mienne, et je ne voulais pas la compromettre. C'était un superbe article pour mon journal, mais je devais être patiente. Très bientôt, j'en saurais plus.

Mais certaines choses étaient assez évidentes. Antonio était un suspect de premier plan depuis qu'il avait découvert le corps. Il se trouvait sur la scène de crime qui se trouvait également être sa propriété. De plus, Richard a été retrouvé mort dans une cave à vin qui ne pouvait être déverrouillée que par Antonio lui-même.

Antonio avait les moyens, le mobile et l'opportunité.

La une des journaux se déroulait sous mes yeux et il était difficile de ne pas poser de question. Mais l'article ne pouvait pas s'écrire pas tout seul, alors je voulais obtenir autant d'informations que possible. Je devais faire le reportage avant que le moulin à potins de la ville ne le fasse.

Tyler appela Antonio.

— Antonio, ne parle à personne et ne touche à personne ou à quoi que ce soit.

— Suis-je en état d'arrestation ?

— Pas pour le moment, dit Tyler.

Il se tourna vers les deux pompiers.

— Ne perdez pas Antonio de vue ! Garde-le ici jusqu'à ce que je revienne. Les CSI de Shady Creek arriveront bientôt pour aider. En attendant, je vais jeter un coup d'œil à l'intérieur. Je reviens dans une minute !

En tant que seul policier de la ville, Tyler se trouvait devant un choix impossible puisqu'il ne pouvait pas à la fois enquêter sur la scène de crime et interroger un suspect. Parce que c'est ce qu'Antonio était, un suspect. J'espérais qu'il y avait une autre explication, mais ça n'avait pas l'air bon pour Antonio.

Trina et Antonio se tenaient l'un près de l'autre et parlaient à voix basse, ignorant déjà les instructions de Tyler. Antonio ne risquait pas de s'enfuir, d'autant plus que son camion était bloqué par la Jeep de Tyler. C'était une bonne chose que Trina soit venue, car sa présence avait en quelque sorte calmé Antonio.

Vu que Tyler ne m'a pas donné d'instructions, je le suivis dans la cave. Je faisais demi-tour afin de suivre le rythme et ses longs pas.

Il se retourna vers moi.

— C'est une scène de crime. Je ne pense pas que tu devrais…

— Je suis allée sur presque toutes les scènes de crime que tu as eu. J'écris la une du journal, alors autant que je vienne avec toi. Je peux être une deuxième paire d'yeux.

Tyler secoua la tête.

— Non. Tu ne peux pas divulguer d'information non publique.

Je françai les sourcils.

— Tu sais que je n'imprimerai rien sans toi. En plus, tu ne devrais pas être là tout seul. Je peux corroborer ce que tu vois et t'aider à documenter les choses. Au moins, laisse-moi rester jusqu'à ce que la police de Shady Creek arrive ici.

— Bon, Juste ne touche à rien.

Tyler sortit un sachet de gants en latex de sa poche. Il me le tendit. Je sortis une paire de gants et je les enfilai. Il remit le sachet dans sa poche après avoir également enfilé des gants.

Alors que nous descendions l'escalier, la lueur chaude de la lumière de la cave éclaira le couloir. La porte de la cave était entrouverte, la lueur jaune de la lumière de la cave presque invitante.

Tyler entra et me fit signe de le suivre en décrivant un grand arc de cercle vers la droite.

Je compris vite pourquoi. De faibles traces de pas pleins de sang traversaient le sol en béton poli de la cave. Les empreintes devinrent plus sombres et plus définies au fur et à mesure que nous entrions dans la cave. À en juger par la taille des empreintes, cela semblait être des chaussures d'homme avec une semelle comme celle d'une chaussure de course. Elles tournaient en rond avant de disparaître dans les grandes mares de sang barbouillé qui tachaient le sol. Au centre de tout ce sang se trouvait le corps d'un homme. Il était allongé sur le sol sur le dos, un bras sur le ventre et l'autre à côté de lui. Sa chemise était tellement imbibée de sang qu'il était impossible de reconnaître la couleur.

Le visage de l'homme était complètement couvert de sang, et presque méconnaissable. Cependant, je sus que c'était Richard, parce que sa taille et son corps furent indubitables. Ses bras avaient été entaillés plusieurs fois avec ce qui semblait être des blessures défensives.

Richard s'était battu comme un lion pour survivre, mais avait perdu.

Les blessures étaient bien au-delà de ce qui était nécessaire pour tuer quelqu'un. Même moi je pouvais m'en rendre compte. Quel que soit le tueur, il était terriblement en colère et devait haïr Richard avec un grand souhait de vengeance.

Tyler leva son téléphone portable alors qu'il dictait ses conclusions.

— Plusieurs coups de couteau, à la poitrine et au cou.

— Empreintes de pas. Je pointai du doigt le béton poli. Il semblait y avoir deux séries, évidentes par les différents motifs de la semelle. Certains étaient clairs, d'autres étalés. Le deuxième lot était également très grand, et clairement des chaussures pour hommes. Je ne remarquai pas deux autres séries d'empreintes sur le chemin vers l'intérieur, mais encore une fois, je m'étais concentré sur la préparation de ce que j'allais voir dans la cave à vin.

— Une paire de chaussures pour la victime, une pour le tueur ? demandai-je.

Tyler fronça les sourcils.

— C'est possible, mais je doute que la victime soit toujours debout après avoir perdu autant de sang. Ça pourrait être un tueur et un complice.

— Je n'arrive pas à croire qu'Antonio ait fait ça. Comment aurait-il pu ? Il avait quitté la fête du vin seul et avait appelé une quinzaine de minutes plus tard. Ça suffit pour tuer quelqu'un ? Richard est parti juste avant Antonio, selon tante Pearl. Chacun était dans sa propre voiture.

— Le complice du tueur aurait pu attendre ici, déclara Tyler.

Au moins, il était assez ouvert d'esprit pour ne pas dire le complice d'Antonio.

Il dicta à nouveau dans son téléphone.

— Aucun signe de vol ou d'entrée forcée. Manifestement, beaucoup de rage contre la victime à en juger par les nombreuses blessures au couteau. Ce crime était une affaire personnelle.

JE FIS OUI de la tête. Richard est un homme de grande taille. Il aurait été difficile de le faire tomber, même une attaque-surprise dans un accès de colère. Mon pouls s'accéléra lorsque je me rappelais la rencontre furieuse d'Antonio avec Richard hier. Il n'avait pas été lui-même ces derniers temps, mais il n'irait pas jusqu'à tuer quelqu'un.

Ou peut-être que si ? Son comportement était si étrange ce dernier temps, que tout était possible.

Tyler glissa son téléphone dans la poche de sa veste.

— Tu serais surpris de ce que les gens sont capables de faire quand ils sont désespérés, Cen. En ce moment, tout pointe vers Antonio. Il a découvert le corps de Richard et, selon le témoignage oculaire de Pearl, il est sorti du parking de l'école juste derrière Richard. Cela signifiait qu'Antonio était probablement la dernière personne à voir vu Richard vivant. Je ne veux pas le croire non plus, mais à moins qu'Antonio ne puisse placer d'autres personnes dans cette chronologie, il n'y a personne d'autre impliqué.

— Mais —

— Je dois aller là où les faits me mènent.

Tyler fit un signe vers les escaliers.

— Monte et je te suis dans une minute. Je veux filmer la scène pour l'examiner plus tard.

— Les techniciens de la scène de crime de Shady Creek ne s'en chargeront-ils pas ?

Il hocha la tête.

— Ils le feront, mais pour l'instant, je vais enregistrer ma propre version afin de pouvoir commencer à travailler sur l'affaire tout de suite. Toute la ville va être bousculée. Je dois résoudre ça rapidement.

Je montai les escaliers de la cave et traversai le bâtiment, en prenant soin de rester à l'écart des traces de pas sanglantes qui s'estompaient à la sortie de la cave à vin. Le deuxième lot de traces de pas était à peine visible, à l'exception des talons maculés, presque comme si la personne boitait ou marchait d'une manière ou d'une autre de manière inégale.

Il y avait autre chose. Nous avions chargé le pickup d'Antonio la nuit dernière, mais il en restait du vin. Il était trop petit pour transporter la totalité du vin, alors nous avions empilé l'excédent contre le mur dans la cave. Pourtant, tout avait maintenant disparu.

Tante Pearl avait-elle pris à la fois le vin qui était dans le pickup d'Antonio et le vin laissé à l'intérieur de la cave ? Cela signifiait qu'elle était également retournée au domaine. Était-elle retournée à la cave à vin aussi ?

Je traversai la porte ouverte de la cave et j'inhalai l'air frais. Je sentis les yeux d'Antonio sur moi alors que je marchais vers les hommes.

Il avait l'air apeuré.

C'était un désastre dont je ne pouvais pas le sortir.

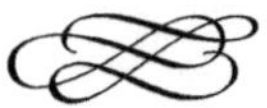

CHAPITRE 12

*N*ous restâmes dans un silence gênant alors que les minutes passaient lentement. Il y avait tellement de choses que je voulais demander à Antonio, mais je restai silencieuse. Au lieu de cela, je regardai autour de la propriété, recueillant autant d'informations que possible. Les choses ressemblaient beaucoup à ce qu'elles étaient hier. Je sortis mon téléphone portable et enregistrai la scène, pensant que des indices pourraient être révélés plus tard en y regardant de plus près. Je parcourus lentement la propriété depuis l'allée jusqu'à la cave, puis jusqu'à la maison d'Antonio, qui se trouvait à environ une trentaine de mètres du bâtiment de la cave.

Tyler réapparu de la cave après ce qui semblait être un très long moment. Il fit signe à Mark de le rejoindre à l'entrée. Les hommes étaient hors de portée de voix, mais Tyler avait son téléphone en mains, et je soupçonnais qu'il enregistrait une déclaration de Mark. Ils parlèrent pendant environ cinq minutes avant que les deux hommes ne reviennent vers nous. Mark passa devant nous sans un mot et rejoignit l'autre pompier qui attendait près du camion de pompiers.

— J'ai sécurisé le bâtiment jusqu'à l'arrivée du médecin légiste de Shady Creek et des techniciens de la scène de crime. Ça ne devrait pas être trop long, dit Tyler à Antonio et à moi.

— Les techs de la scène de crime ? demanda Antonio.

— C'est le protocole chaque fois que quelqu'un meurt de causes non naturelles, Antonio.

Évidemment. Antonio devait être sous le choc. Je donnai un coup de pied dans de la terre, me sentant mal à l'aise.

— Oh.

La voix d'Antonio était plate.

Je jetai un coup d'œil aux pieds d'Antonio. Ses baskets étaient tachées de sang et étaient d'une taille similaire aux traces que j'avais vues dans la cave. Je ne pourrais pas voir la semelle, sauf dans le cas improbable où il lèverait les pieds. Je plissai les yeux pour voir un nom de marque ou un logo, mais les taches de sang rendaient cela impossible. Les techniciens de la scène de crime finiraient par confirmer si oui ou non les empreintes de pas appartenaient ou non à Antonio, mais je voulais le savoir maintenant.

Je sursautai au bruit des portes qui claquaient, mais ce n'était que les pompiers qui remontaient dans leur camion.

Nous regardâmes en silence alors qu'ils démarraient le camion de pompiers et sortirent par le portail et retournèrent en ville.

Trina se dirigea vers le portail, suivant le chemin du camion de pompiers. Elle parlait à voix basse dans son téléphone, comme si elle ne voulait pas être entendue. Elle tourna en rond pendant une minute ou deux avant de mettre fin à la conversation et de remettre son téléphone dans sa poche.

Elle marcha vers nous sans rien dire de plus.

Le visage de Tyler était sans expression.

— Dis-moi ce qui s'est passé, Antonio.

La main d'Antonio trembla alors qu'il touchait son visage, qui était également taché de sang.

— Quand je suis revenu ici pour aller chercher mon vin, la première chose que j'ai remarquée, c'est que la porte principale de la cave était déverrouillée. Je sais qu'elle était verrouillée quand je suis parti ce matin.

— T'as entendu un bruit ou t'as vu quelque chose qui n'était pas à sa place ?

— Non, dit Antonio.

— J'ai vérifié, mais il n'y avait personne d'autre à l'intérieur et rien n'était dérangé. Sauf pour tout le vin qui avait été empilé contre le mur. Il n'était plus là.

— C'est là que je suis allé à la cave à vin pour voir s'il y avait du vin là-bas que j'aurais raté auparavant. Je descendis les escaliers, déverrouillai la porte de la cave et entrai. J'allumai l'éclairage, mais il n'est pas très clair et je me concentrai sur la recherche du vin supplémentaire à la hâte. Je me dirigeai tout droit vers les rayonnages à vin à l'extrémité de la cave. Je... je n'ai pas vu Richard de suite. Puis je trébuchai sur quelque chose. Il s'avéra que c'était Richard. Il était là, mort... sur le sol de ma cave à vin.

— Hum... donc le bâtiment du domaine était ouvert, mais la porte de la cave à vin était fermée à clé, dit Tyler.

Antonio hocha la tête.

— C'est bizarre, mais je me suis dit que c'était un cambriolage et que les intrus n'étaient pas en mesure de déverrouiller la cave, alors ils sont partis.

– Tu n'as pas remarqué le sang partout ?

Antonio secoua la tête.

— Non parce qu'il n'y avait pas de sang dans le bâtiment, seulement dans la cave à vin. Je suppose que j'étais tellement concentré sur le fait de chercher plus de vin que je n'ai pas prêté beaucoup d'attention à mon environnement.

— D'accord... alors tu as trouvé Richard. Comment savais-tu avec certitude qu'il était mort ? Est-ce que tu as vérifié son pouls ?

— J'ai essayé... mais ensuite j'ai vu qu'il ne bougeait pas du tout... que sa poitrine ne montait pas de haut en bas. J'ignore comment je l'ai su, mais je l'ai su. Il y avait tellement de sang que je ne pensais pas que c'était possible...

Cette explication ne correspondait pas aux vêtements tachés de sang d'Antonio. S'il ne l'avait pas touché et que Richard était déjà mort, pourquoi était-il couvert d'éclaboussures de sang ?

— Combien de temps as-tu attendu avant d'appeler à l'aide après avoir découvert Richard ? demanda Tyler.

— Tout de suite. J'ai couru dehors parce que je craignais que celui qui avait tué Richard soit toujours là. Je courus au portail, puis j'appelai les pompiers et ensuite toi. La voix d'Antonio était rauque.

— J'aurais dû faire autre chose à la place ?

Tyler ne répondit pas.

— Tu es sûr que tu n'as pas laissé la cave déverrouillée, Antonio ? demandai-je.

— Raconte à Tyler cette histoire de serrure de sécurité high-tech.

— Il y a quelques mois, j'ai fait installer une nouvelle serrure de sécurité. Elle fonctionne avec une combinaison de chiffres et mon empreinte digitale. On l'appelle serrure biométrique. Elle est censée résister aux effractions, mais quelqu'un est entré d'une manière ou d'une autre.

J'expliquai rapidement à Tyler le fonctionnement de la serrure biométrique de la cave à vin, et comment elle ne pouvait être déverrouillée qu'avec le numéro de combinaison et l'empreinte digitale d'Antonio pressés contre le capteur.

Tyler fronça les sourcils.

— Une serrure biométrique n'est-elle pas exagérée pour une petite ville ?

— Apparemment non, intervint Trina.

— Richard en est la meilleure preuve. D'une manière ou d'une autre, il est entré, n'est-ce pas ?

— Qui d'autre a une clé, Antonio ? demanda Tyler.

— Trina ? José ?

Antonio secoua la tête.

— Seulement moi José dit qu'il ne voulait pas être piégé parce qu'il craignait que quelqu'un lui coupe le doigt ou quelque chose comme ça. C'était une excuse évidemment, parce qu'aucun accès signifiait qu'il n'avait pas à effectuer le travail non plus.

Tyler fronça les sourcils.

— José est copropriétaire du domaine. Comment peut-il ne pas y avoir accès ?

Antonio haussa les épaules.

— José n'y a pas eu accès depuis que nous avons installé la nouvelle serrure il y a un mois. J'essayais de mettre en place son propre code et ses empreintes digitales, mais il n'arrêtait pas de trouver des excuses. Il était toujours absent ou occupé par autre chose. Il me disait qu'il s'en sortirait, mais il ne l'a jamais fait.

— Trina n'y avait pas accès non plus ?

— Non, dit Antonio.

— José refusait de lui laisser l'accès.

Trina sursauta. Elle détourna le regard, visiblement gênée.

— Pourquoi pas Trina ? demanda Tyler.

— C'est ton employée à temps plein. N'est-il pas risqué de restreindre l'accès à une seule personne ? Imagine s'il t'arrivait quelque chose ?

— C'est plus un problème avec José qu'avec Trina, dit Antonio.

— Il pense que Trina se comporte plutôt comme une propriétaire et non comme une employée. C'est ce que j'aime chez elle : elle traite notre entreprise comme si c'était la sienne. Elle prend de bonnes décisions, et elle m'a tiré d'affaire plus de fois que je ne peux le compter. La vérité est que je ne pourrais pas le faire sans elle ! José me laisse toujours dans l'embarras, et je peux compter sur Trina pour s'occuper des choses. Je ne sais pas pourquoi je me prosterne devant lui tout le temps. Quand le technicien viendra lundi, je lui demanderai de lui aménager un accès à la cave à vin. Je me fiche de savoir si José aime ou pas.

— Mais lundi, la banque pourrait déjà être aux commandes, ai-je rappelé à Antonio.

— En plus, c'est une enquête active sur un meurtre. Il est impossible que tu sois autorisé à modifier l'accès des utilisateurs à la serrure de la cave à vin. Je doute que tu puisses même réparer la lumière. Tout représente une preuve et doit rester exactement identique pour le moment.

— Cen a raison, dit Tyler.

— Tout est en attente en ce moment.

— Même la saisie ? Trina avait l'air pleine d'espoir.

— La possession physique, au moins. Tyler regarda Antonio.

— Encore une chose… tu vas devoir trouver un autre endroit où rester pour les prochains jours.

Je me demandais comment la banque y aurait accès une fois que la cave saisie. Pourrait-on forcer Antonio à la déverrouiller avec son empreinte digitale ? Ou la porte pourrait-elle être retirée d'une manière ou d'une autre ?

C'était comme si Antonio lisait dans mes pensées.

— Assure-toi de garder la porte de la cave à vin ouverte. Si elle se verrouille, il n'y a aucun moyen de la rouvrir toi-même. Même les charnières sont à l'intérieur, elles ne peuvent donc pas être altérées.

— Rien n'est inviolable. Avec les bons outils —, dis-je, mais je me suis arrêtée tout de suite. Une boîte à outils de sortilèges pourrait probablement aussi ouvrir la porte. Je devais reconnaître ce fait, aussi désagréable soit-il.

— Tu comptes aller quelque part, Antonio ? Les yeux de Tyler se fixèrent sur les siens.

— Non, bien sûr que non.

— Seulement, si je ne suis pas autorisé à retourner sur ma propre propriété, alors t'auras besoin d'un plan de secours pour la serrure.

Tyler se racla la gorge.

— Dit par le gars sans plan de secours. Tout dans cette serrure dit que c'est toi qui l'as ouverte, Antonio. Si tu as des informations qui prouvent le contraire, tu dois me le dire tout de suite.

— Tu devrais demander à SecureTech, l'entreprise qui l'a installé, déclara Antonio.

— J'ai déjà un technicien qui vient lundi pour réparer une ampoule grillée et m'apporter un nouveau manuel d'instructions. Tu peux lui en parler.

— Je ne peux pas attendre aussi longtemps, dit Tyler.

— Je vais les appeler et les amener ici tout de suite.

Antonio secoua la tête.

— Tu ne peux pas faire venir quelqu'un ici un samedi. Ils sont à une heure de route et fermés jusqu'à lundi. Tu ne peux joindre personne par téléphone le week-end non plus.

— J'aurai besoin de ton code.

Tyler tendit à Antonio son bloc-notes et un stylo. Il attendit qu'Antonio l'écrive et rendit le stylo et le papier.

— Aussi, je vais faire confirmer tout ce que tu as dit à José.

— Vas-y. Il est sorti de la ville pour quelques jours, il est sur la côte, livrant du vin, déclara Antonio.

Tyler fronça les sourcils.

— C'est bon, je vais le retrouver.

— Je viens de le faire, dit Trina.

— Il a fait demi-tour, et il rentre tout de suite.

— Tu dis que tu es le seul à y avoir accès, Antonio. Pourtant, je n'ai vu aucun signe d'entrée forcée, dit Tyler.

— SecureTech aura surement beaucoup d'explications à donner, déclara Antonio.

— Ils m'ont dit que leur technologie ne pouvait pas être compromise, que même copier mes empreintes digitales ne vaincrait pas leur technologie secrète. Je ne comprends pas comment quelqu'un est entré.

— Moi non plus, dit Tyler d'un ton laconique.

— À moins que Richard n'ait déverrouillé la porte, ne l'ait fermée derrière lui, puis ne se soit suicidé.

Antonio haussa les épaules.

— Cela me semblait impossible aussi, mais il était là. Mon pied a heurté quelque chose de lourd, et c'est là que j'ai trébuché et perdu l'équilibre. Je suis tombé juste au-dessus de lui. Son corps semblait un peu euh, je ne sais pas… sans vie et dense. Je ne sais pas comment l'expliquer, mais il n'a pas bougé ni fait de bruit quand…

Antonio frissonna et souffla.

— J'ai définitivement fermé la cave à vin, Tyler. Trina te l'a déjà dit, donc tu as aussi sa parole, dit Antonio.

— Tu n'es pas entré dans la cave à vin ce matin ? Peut-être pour prendre quelques bouteilles supplémentaires pour le festival du vin ? demanda Tyler.

Antonio secoua la tête.

— Non. Cen et Pearl m'ont aidé à charger le pickup vendredi après-midi pour que je n'aie rien à faire le matin. J'étais prêt, du moins jusqu'à ce que j'arrive au festival et que je découvre que la majorité de mon vin manquait.

Je retins mon souffle. Comme tante Pearl s'était retrouvée avec tout le vin d'Antonio, il était raisonnable de supposer qu'elle avait été dans le bâtiment, et peut être même dans la cave à vin. Elle était très intéressée par la serrure de la cave à vin et elle aimait les défis. La sorcellerie pourrait-elle vaincre un scanner d'empreintes digitales ? Si oui, cela signifiait que la cave à vin aurait pu être déverrouillée par quelqu'un d'autre qu'Antonio.

Peut-être. Je devais le découvrir d'une manière ou d'une autre.

— Pourquoi n'as-tu pas remarqué qu'il te manquait du vin avant d'arriver à la fête du vin ? N'as-tu pas remarqué que ton pickup avait été cambriolé ? demanda Tyler.

Antonio secoua la tête.

Lombard Wines avait un portail verrouillé dans l'allée, et les caisses de vin étaient chargées dans la cabine ainsi que sur la plate-forme du pickup recouverte d'une bâche. J'avais vu Antonio verrouiller le camion une fois que nous avions fini de le charger tard vendredi après-midi.

— Le camion était verrouillé et rempli d'au moins cinquante caisses de vin. Tu n'as pas remarqué qu'elles avaient disparues ? demandai-je à Antonio.

— Les caisses de vin n'avaient pas disparu. Je veux dire, les caisses étaient toutes là, mais elles étaient vides — toutes les bouteilles à l'intérieur avaient disparu. Je me suis seulement rendu compte qu'il n'y avait rien à l'intérieur des caisses quand j'ai commencé à les décharger à la fête du vin. Le vin chargé dans le pickup la nuit dernière avait disparu. Pourtant, la porte de la cave était encore verrouillée quand je suis parti. Mon pickup était toujours verrouillé aussi. Je ne comprends pas ce qui s'est passé.

— Ça fait trois verrous et ça compte, déclara Tyler.

— La porte du bâtiment, la cave à vin et ton pickup.

Antonio haussa les épaules.

— C'est un mystère complet pour moi.

Tante Pearl avait des explications à donner. Accepterait-elle au moins d'avouer avoir pris le vin d'Antonio ? Connaître l'étendue de son implication pourrait révéler d'autres suspects. Elle était évidemment entrée par effraction dans son pickup. Avait-elle également brisé un verrou biométrique de haute sécurité ? Sans ses aveux, Antonio avait l'air coupable de chez coupable.

— Quelqu'un d'autre a la clé du portail du domaine ? demanda Tyler.

— Trina et Ruby West ont toutes les deux les clés du portail du domaine, mais pas de la cave à vin. De toute évidence, José a aussi un jeu des clés, mais il n'est pas en ville, déclara Antonio.

— Il ne volerait pas son propre vin. Cependant, j'ai des doutes. Pearl West a installé un stand en bordure de route à l'extérieur de la fête du vin. J'ai entendu dire qu'elle vendait mon vin depuis son camping-car. Je ne lui ai jamais donné de mon vin, alors où l'a-t-elle eu ?

Antonio se tourna vers moi.

— C'est pour ça que vous étiez toutes les deux si impatientes de m'aider hier ? Juste pour que tu puisses laisser mon vin dehors toute la nuit et le voler ?

J'étais complètement abasourdi de son accusation.

— Bien sûr que non ! Je voulais t'aider, et tante Pearl a insisté pour venir avec moi. Je ne peux pas parler pour elle, évidemment, mais elle pensait probablement qu'elle t'aidait de sa manière étrange.

Je n'y croyais plus, mais je n'avais aucune idée de ce que je pouvais dire de plus. Tante Pearl a fait beaucoup de choses, mais voler n'en faisait pas partie. Pas à ma connaissance. D'un autre côté, elle aurait facilement pu utiliser la clé de maman pour ouvrir le portail, et c'était un fait, elle vendait le vin d'Antonio à son bar en bordure de route sans sa permission.

Techniquement, elle n'avait pas à voler le vin d'Antonio. Elle aurait pu simplement conjurer plus de vin, mais profiter de la sorcellerie était strictement contraire aux règles de la Witches International Community Craft Association. Tante Pearl avait déjà reçu un avertissement de la WICCA Noël dernier. Elle ne pouvait pas se permettre d'en recevoir un deuxième, sinon elle serait suspendue.

Donc, au lieu de sorcellerie, elle avait physiquement pris le vin d'Antonio, vidant ses caisses pour qu'on ne la découvre pas tout de suite. Au lieu d'enfreindre le code de la WICCA, elle avait enfreint le Code pénal. Tante Pearl était une voleuse, et je n'enviais pas Tyler qui devait la mettre en taule.

Mais les avertissements de la WICCA n'avaient jamais arrêté Tante Pearl auparavant. Elle aimait enfreindre les règles. En fait, elle s'en est épanouie. Elle savait très bien que prendre le vin d'Antonio serait un désastre pour lui à la fête du vin. Son ingérence était soit un méfait terriblement inopportun, soit quelque chose de bien pire. Le vin manquant força Antonio à retourner à la cave où il a trouvé Richard.

La prétention de tante Pearl d'aider Antonio à mettre du vin en bouteille n'était rien d'autre que de s'aider elle-même. J'étais furieuse. Si elle avait une autre explication, je ne pouvais pas imaginer ce que ce serait. Je devais au moins lui parler avant de révéler mes soupçons à Tyler.

Mais pour l'instant, cela devrait passer au second plan de ce qui était maintenant une enquête pour meurtre.

Antonio leva les mains en parlant, révélant plusieurs entailles sur ses avant-bras. Elles étaient récentes, comme s'il s'était battu.

Tyler les remarqua aussi.

— Que s'est-il passé ?

— Je me suis entaillé au portail quand je suis retourné à la cave en essayant de l'ouvrir. Ma chemise s'était coincée sur un fil barbelé qui sortait. Puis, quand j'ai essayé de me décoincer, j'ai perdu l'équilibre et mes bras se sont aussi coincés. Les entailles étaient si profondes qu'elles n'arrêtaient pas de saigner.

Tina fronça les sourcils, mais elle resta silencieuse.

— Ah, vraiment ? Tyler jeta un coup d'œil à l'allée, mais les techniciens de la scène de crime de Shady Creek n'étaient pas encore arrivés. Il se retourna vers Antonio.

— Tu as organisé la rencontre ou c'est Richard qui l'a fait ?

Les yeux de Tyler se plissèrent alors qu'il guettait la réaction d'Antonio.

— Ni l'un ni l'autre… il n'y avait pas de rencontre. Je ne l'ai jamais appelé et il ne m'a jamais appelé. Le portail était verrouillé à mon retour, tout comme je l'avais laissé. Sa voiture n'était pas dehors non plus. Je ne m'attendais pas à voir quelqu'un sur la propriété, et encore moins Richard. Il était censé être à la fête du vin tout comme moi. Après tout, il était le juge de la compétition.

— As-tu remarqué autre chose qui sortait de l'ordinaire ?

Antonio secoua la tête.

— Non. J'étais pressée de retourner au festival du vin parce que Trina était seule à notre stand. Je suis entré dans le bâtiment et je me suis dirigé directement vers la cave à vin.

— Tu étais seul à ce moment-là ? demanda Tyler.

— Bien sûr, j'étais seul. Tu sais que Trina est restée à la fête.

Tyler hocha la tête.

— Tu n'as croisé personne ici ?

— Combien de fois dois-je te le dire, Tyler ? Personne n'est venu avec moi et personne ne m'attendait ici. Richard est déjà venu hier pour me dire que la banque allait saisir. Puis, il est reparti. Il n'y avait rien d'autre à faire jusqu'à ce que je trouve l'argent ou que je ne le fasse pas. Il n'y avait aucune raison pour qu'il soit ici. Il aurait dû être à la fête du vin parce que le jugement était sur le point de commencer. J'ignore complètement pourquoi il était ici.

— La fête du vin n'est qu'à quelques minutes de route d'ici, déclara Tyler.

— Assez de temps pour une conversation rapide sur quelque chose d'important. Comme perdre ton domaine et ta maison.

— Mais ce n'est pas du tout ce qui s'est passé.

La voix d'Antonio montra sa frustration.

— Et je n'ai rien perdu encore !

— Non, mais tu es sur le point de le faire. Peut-être, as-tu appelé Richard pour demander une extension ou un refinancement ?

Antonio leva la main pour objecter.

— J'ai essayé ça avant, mais il ne voulait pas donner un seul centime. Demandes à Cen. Elle était ici avec moi hier quand Richard m'a donné l'ultimatum. Soit il paie ou la banque ferait une saisie.

— Richard a dit à Antonio qu'il avait jusqu'à lundi, dis-je.

La vilaine vérité était qu'Antonio avait un très gros motif pour tuer Richard. L'Antonio que je connaissais ne recourrait jamais à la violence. Et pourtant, à mesure que ses difficultés financières s'aggravaient, sa personnalité avait changé. Le désespoir poussait les gens à faire les choses les plus inimaginables.

Pourtant, je ne croyais pas qu'Antonio pouvait devenir un tueur de sang-froid.

À moins que...

Et si le sortilège d'attraction de tante Pearl avait des effets inattendus ? La passion pouvait conduire une personne à faire à la fois le bien et le mal. Antonio était passionné par le domaine, et il était sur le point de lui être arraché.

Peut-être que tante Pearl avait lancé un deuxième sortilège dont je ne savais rien. Plus important encore, si un sortilège avait altéré le verrou biométrique, comment pourrais-je le prouver ? J'avais besoin de le découvrir d'une manière ou d'une autre.

Je me tournai vers Antonio.

— Si personne d'autre que toi ne peut déverrouiller la cave à vin, quel est ton plan de secours si quelque chose t'arrivait ? Tu en as sûrement un, non ? Comment quelqu'un d'autre entrerait-il dans la cave à vin ?

Antonio inclina la tête vers Trina.

— J'avais prévu d'ajouter Trina, mais José s'y est opposé et je n'avais pas encore trouvé de plan « B ». Oui, je sais à quel point cela semble stupide maintenant.

Antonio s'appuya contre le bâtiment, l'air épuisé. Il se glissa en position assise, les jambes tendues.

Tyler ne dit rien.

Il n'avait pas à le faire parce que nous pensions tous la même chose. Antonio rompit le silence.

— Tu penses que je suis le seul à pouvoir faire ça ?

— Je n'ai pas dit que tu l'avais fait ou pas, Antonio, déclara Tyler.

— Je rassemble juste les faits en ce moment. Mais sur la base de tout ce que tu as dit jusqu'à présent, personne d'autre que toi ne peut entrer dans la cave à vin. Ce qui signifie que personne n'aurait pu laisser entrer Richard à part toi.

— Je jure que je n'ai pas tué Richard. Il doit y avoir une explication logique.

Antonio n'avait pas fait allusion à la deuxième série d'empreintes. Soit il ne les avait pas remarqués, soit il ne pensait pas que nous les avions remarqués.

— Y a-t-il un système de secours pour lequel tu n'as pas besoin d'utiliser ton empreinte digitale ? demandai-je.

— S'il y a une panne de courant ? Le verrou a-t-il une fonction de mémoire ou se réinitialise-t-il simplement ?

Antonio secoua la tête.

— Les paramètres restent en mémoire. SecureTech m'a dit qu'il y avait une batterie de secours pour que rien ne soit effacé.

Tyler se tourna vers moi.

— Cen, peux-tu trouver plus d'information sur le verrou de ce fabricant ?

Je fis oui de la tête. Le médecin légiste de Shady Creek et les techniciens de la scène de crime fournissaient un soutien pour les crimes majeurs à Westwick Corners, mais l'enquête globale était toujours celle de Tyler, à moins qu'il n'ait officiellement demandé de l'aide. Il ne le ferait qu'en dernier recours.

— As-tu touché quelque chose à l'intérieur de la cave ou de la cave à vin ?

Antonio hocha la tête.

— L'interrupteur de la lampe en haut de l'escalier de la cave, la rampe d'escalier, euh… beaucoup de choses. Tout s'est passé si vite.

J'ai désigné ses mains et sa chemise tachées de sang.

— Le sang de…

— Je suis tombé juste au-dessus de lui. Cela a dû arriver quand je me suis retiré de lui et que je me suis relevé. De plus, je venais de me couper les bras sur le fil de fer barbelé de la porte…

Tyler se gratta le menton.

— Hum… donc le sang était assez frais. Il n'était pas là depuis longtemps.

— Tu as des caméras de surveillance, Antonio ? demanda Tyler.

— Nous avons installé une caméra à l'extérieur du bâtiment, mais elle a cessé de fonctionner il y a environ un an. Je n'ai donc jamais réussi à la remplacer.

— Pratique pour le tueur, déclara Tyler.

Il m'a semblé étrange qu'Antonio n'ait pas remplacé la caméra avant d'installer une serrure coûteuse à la pointe de la technologie. Mais peut-être qu'une serrure était un meilleur moyen de dissuasion puisque les caméras ne montraient les crimes qu'après qu'ils se soient produits et n'empêchaient pas réellement les entrées non autorisées. Malgré cela, le système de sécurité de la cave à vin semblait exagéré. Le vol était rare dans notre petite ville. Ou peut-être pas si rare, étant donné que tante Pearl avait pris le vin d'Antonio. Elle avait également réussi à franchir la porte verrouillée, mais c'était assez facile pour une sorcière. Cela ne faisait pas d'elle une tueuse, mais cela signifiait qu'elle avait presque le même accès qu'Antonio. Avait-elle également un moyen magique de violer la serrure SecureTech prétendument sécurisée ? Si c'était le cas, cela pourrait expliquer l'accès à la cave à vin par quelqu'un d'autre qu'Antonio.

Cette pensée m'avait à la fois soulagé et terriblement effrayé.

CHAPITRE 13

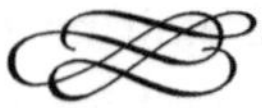

C'était en début d'après-midi au moment où Tyler m'a déposé au bureau pour que je puisse m'informer sur la serrure SecureTech d'Antonio. Tyler se dirigea vers la ferme Harcourt pour informer la femme de Richard, Valérie. Je ne l'enviais pas du tout.

Mes jambes furent lourdes alors que je montais les escaliers jusqu'à mon bureau. Ce week-end n'avait rien donné de ce à quoi je m'attendais. Une journée amusante à la fête du vin suivie de la surprise promise par Tyler s'était maintenant transformé en une enquête pour meurtre et en incohérences inconfortables au sujet de notre voisin et ami. Comment tant de choses avaient-elles mal tourné si rapidement ?

La police de Shady Creek avait transporté Antonio à leur quartier général à une heure de route, où des échantillons de son ADN et de ses empreintes digitales seraient prélevés et ses vêtements, ses chaussures, sa peau et ses ongles seraient examinés à la recherche de preuves médico-légales. Selon les premiers résultats, Antonio serait libéré ou détenu jusqu'à l'arrivée de Tyler.

Demander à la police de Shady Creek de passer l'examen médico-légal était une nécessité pratique puisque Tyler était le seul gardien de la paix et qu'il ne pouvait pas être à plusieurs endroits à la fois. Et Antonio et Tyler se connaissaient assez bien. Comme ils étaient amis, il était logique qu'un tiers recueille les preuves médico-légales. Cela assurait l'impartialité et éliminait toute accusation de partialité. Ces éléments étaient importants, qu'Antonio soit ou non accusé et jugé pour le meurtre de Richard.

J'allumai mon ordinateur et je cherchai des informations sur SecureTech. J'ai rapidement trouvé leur site Web qui contenait des photos de différentes serrures. Certaines étaient des serrures à clé ; d'autres des serrures à combinaison ; et d'autres, comme celle d'Antonio, avaient des caractéristiques de sécurité biométriques. Je reconnus immédiatement la serrure biométrique d'Antonio, mais je trouvai très peu de détails dans la description, à part que la serrure était une technologie de pointe. Le site Web ne mentionnait que les coordonnées de vente, mais je me souvins qu'Antonio avait un rendez-vous prévu avec un technicien lundi. Trop long à attendre ! En attendant, je devrais faire preuve de créativité. Il me fallait soit trouver un technicien plus tôt, soit retrouver un manuel d'instructions pour confirmer le fonctionnement interne de l'appareil.

Il était 15 heures passées au moment où Tyler revint de la ferme Harcourt.

Il se précipita à l'intérieur et s'abaissa lentement sur la chaise à côté de mon bureau. Il avait l'air épuisé. Je lui expliquai le peu que j'avais appris sur la serrure sophistiquée d'Antonio et le rendez-vous avec le technicien lundi.

— Je ne peux pas attendre aussi longtemps. Je vais voir comment obtenir les coordonnées du technicien afin que nous puissions le faire venir ici plus tôt, déclara Tyler.

— Comment ça s'est passé avec Valérie ?

— Je n'ai pas pu la trouver, dit-il.

— Mais j'ai parlé à son aide-ménagère. Elle était sortie à cheval toute la matinée. Elle n'avait pas pris son téléphone portable, donc il n'y avait aucun moyen de la joindre. J'ai dis à la gouvernante de demander à Valérie de m'appeler dès qu'elle serait rentrée. Espérons que ce sera bientôt, car je ne sais pas combien de temps, je pourrais garder le secret à ce sujet.

— L'aide-ménagère ne sait pas ce qui est arrivé à Richard ?

Tyler secoua la tête.

— Je lui ai seulement dit que c'était une question urgente.

Tyler jeta un coup d'œil à sa montre.

— Nous ferions mieux de retourner à la fête du vin. J'espère qu'aucune nouvelle n'a encore été divulguée au sujet de Richard. Quoi qu'il en soit, je veux que tout le monde soit dehors dès que la licence de vente d'alcool aura expiré à 17 heures.

Avec tout ce qui s'était passé, j'avais presque oublié la fête du vin. Tante Pearl vendait-elle toujours le vin d'Antonio ? Probablement. J'attrapai mon sac à main et mes clés.

Tyler me suivit hors du bureau dans le couloir et attendit pendant que je verrouillais la porte derrière moi. Nous sortîmes dans une brise vive.

La pluie s'était calmée et un peu de soleil émergeait de derrière les nuages qui se déplaçaient rapidement.

— Valérie pourrait aussi être suspecte, dis-je.

— Elle a un mobile et aucun alibi. J'ai entendu dire qu'elle voulait divorcer.

— C'est possible, dit Tyler puis il fit une pause.

— Mais elle est une suspecte qui n'a pas accès à la cave à vin.

— Les gens doivent au moins se demander ce qui est arrivé à Richard, dis-je en marchant vers la Jeep de Tyler.

— Il est parti depuis des heures. Je doute que le jugement du vin ait été fait sans lui.

— C'est ce qui m'inquiète, déclara Tyler.

— Toute la ville est probablement déjà ivre. Nous devons terminer le jugement et clore la fête. Je ne veux pas que les gens le découvrent à la fête. Je publierai les nouvelles plus tard ce soir. Sinon, avec une foule ivre, il y aura forcément des ennuis.

— La serrure à part, ne penses-tu pas que Valérie va beaucoup en profiter ? Elle aurait eu la moitié de tous les biens en cas de divorce. Avec Richard mort, elle obtient tout sans se battre.

— C'est vrai, elle a un mobile, dit Tyler.

— En outre, en fonction de la gravité des blessures à l'arme blanche, le tueur avait une relation avec la victime. Une seule des blessures l'aurait tué, il est donc évident que le tueur avait une vendetta personnelle. Mais si Valérie l'a fait, alors pourquoi maintenant ? Elle avait déjà annoncé qu'elle voulait divorcer. Habituellement, le tueur est la personne divorcée, et non l'inverse. Et pourquoi le tuer dans la cave à vin d'Antonio ?

— Peut-être que quelque chose l'a fait craquer après toutes ces années. Mais je n'avais jamais vu Valérie perdre son sang-froid. Je ne pensais pas qu'elle était capable d'une telle violence.

— Elle fait la moitié de sa taille. Il n'y a aucun moyen qu'elle l'ait physiquement maîtrisé. Si Valérie est impliquée, elle a eu de l'aide.

Tyler était d'accord sur ce point.

— Elle aurait pu embaucher quelqu'un. Mais elle n'a ni clé ni code pour accéder à la cave à vin. Cependant, en tant que conjointe de Richard, elle est la suspecte principale jusqu'à ce que nous puissions l'exclure. Je l'interrogerai dès qu'elle rentrera à la maison. Espérons qu'elle rentre à la maison. En attendant, allons à la fête du vin et voyons si nous pouvons boucler les choses rapidement.

CHAPITRE 14

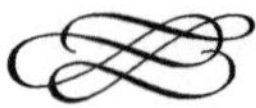

e vérifiai ma montre à l'approche de l'école. La fête serait terminée dans un peu plus d'une heure. C'est-à-dire, si le jugement avait eu lieu conformément au calendrier malgré l'absence de Richard. Désirée s'y opposerait, bien sûr, mais elle serait rejetée par tout le monde.

La compétitivité acharnée de Désirée n'avait aucun sens, car, contrairement à d'autres concours, notre concours de vin n'offrait aucun prix en argent, seulement un trophée et le droit pour le gagnant d'ajouter « Gagnant — Fête du vin de Westwick » à ses étiquettes de vin pendant un an. Les enjeux n'étaient pas élevés, sauf si vous étiez un vigneron incapable de gagner à des concours plus compétitifs. Même un mauvais vin pourrait gagner, en théorie.

— Tyler, si l'absence de Richard change le concours, penses-tu que l'un des autres candidats locaux pourrait être impliqué ?

Tyler regarda la route qui menait à l'école.

— Tu veux dire un autre candidat à part Antonio ? Je me l'imagine, oui. Les motivations d'Antonio ont moins à voir avec le jugement et tout à voir avec sa situation financière, cependant.

Maman, Antonio et Désirée étaient les seuls candidats locaux, et la fête du vin de Westwick Corners était la plus petite des quelque douze

104

concours de vin de l'État de Washington. Les concurrents régionaux ne se souciaient de notre festival dans les petites villes que s'il n'y avait pas d'événements concurrents ce jour-là. La douzaine de vignerons non locaux n'avaient pas besoin d'une victoire et ne sont venus que pour vendre plus de vin. Ils n'avaient aucun intérêt à savoir si Richard était vivant ou mort.

— Désirée remporte le vin de l'année chaque année grâce à Richard, dis-je.

— Elle n'a aucune raison de le tuer. En fait, elle a toutes les raisons de ne pas le tuer. Elle a une liaison avec lui depuis cinq ans, et il était sur le point de divorcer. Elle allait obtenir tout ce qu'elle a toujours voulu.

— Eh bien, à part Antonio, la seule autre concurrente assez désespérée pour gagner est Ruby.

— Jamais maman n'oserait ! Elle déteste la compétition et elle ne voulait même pas participer avec son vin. Tante Pearl l'a inscrite à son insu.

Tyler se mit à rire.

— Ouais, je sais, Cen. Et Ruby et Désirée étaient toutes les deux à la fête en permanence avec beaucoup de témoins. Je vais vérifier ça, bien sûr. Mais je me souviens les avoir vues là au moment exact où j'ai reçu l'appel d'Antonio. Et, bien sûr, nous avons vu Pearl s'occuper de son bar en bordure de route. Il semble que tout le monde ait un alibi, sauf Antonio.

Comme par magie, des panneaux avec des néons clignotants apparurent sur l'accotement de la route. Chaque néon était d'une couleur différente et semblait flotter dans l'air comme un hologramme.

— Qu'est-ce que…

Tyler fit un écart pour éviter un néon vert vif qui sauta soudainement du bord de la route pour bloquer le pare-brise.

Tu t'approches des vins

— Attention !

Je saisis la poignée de la porte alors que Tyler appuya sur les freins. La voiture dérapa sur le côté avant de se redresser.

— C'était moins une — !

— Attends.

Tyler freina à mort alors que le deuxième signe, cette fois rose vif, planait au-dessus du capot de la Jeep.

Le meilleur des vignes locales

Les néons clignotants semblaient flotter au-dessus de nous sans aucun moyen de soutien apparent, un usage flagrant de pouvoirs sorciers.

Tante Pearl savait que nous les verrions. Elle était prête à prendre le risque afin de sauver la fête du vin. À bien y réfléchir, il fallait que ce soit plus à propos d'elle. Je doutais qu'elle se soucie de la fête du vin. Le signe rose dériva vers l'épaule opposée alors qu'un signe de néon jaune le remplaça :

Ne cherche pas en vain — il est là, le bon vin

Heureusement, il n'y avait pas beaucoup de monde sur la route, parce que Tyler devait faire dévier la Jeep pour éviter les panneaux qui semblaient sortir de nulle part. Rouge, or, blanc, bleu…

Bientôt, tu es là

Très vite, on trinquera

Avec le vin gagnant

Non, ce n'est pas le vin de l'autre là

Prends un verre, et tu verras

Du vin exquis, n'est-ce pas ?

Tu le mérites bien.

Tourner ici

Il y avait tellement de signes qu'il fallait ralentir pour tous les lire.

— Coquin, dit Tyler.

— Pearl sait faire du marketing.

— Tante Pearl chasse généralement le trafic de Westwick Corners, et ne l'attire pas vers elle. Comme si elle mijotait quelque chose. Quelque chose en plus de vendre du vin parce que tante Pearl avait toujours un motif caché. Cette fois-ci, je ne parvenais pas à comprendre ce que c'était.

À l'approche du parking de l'école, un panneau plus grand apparut :

Collecte de fonds-bar pour Antonio Lombard Wines

Battre la banque

Nous n'avions pas remarqué les signes quand nous avions quitté la fête du vin parce qu'ils ne faisaient face qu'à une seule direction. Une collecte de fonds pour Antonio serait sûrement mal interprétée une fois qu'il aurait été accusé du meurtre de Richard.

Alors que Tyler ralentissait pour se garer dans le parking, nous passâmes devant le bar en bordure de route de Tante Pearl. Seulement cette fois, il était désert. La porte du camping-car était fermée et les tables et les chaises étaient vides. Au lieu de clients sirotant du vin et des caisses de vin, il ne restait que des verres à vin jetés et des cartons vides.

La fête de rue était terminée.

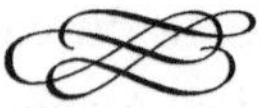

CHAPITRE 15

Tyler venait de garer la Jeep lorsque la police de Shady Creek l'appela pour débriefer sur les preuves de la scène de crime.

En attendant, je remarquai que la Corvette de Richard était restée au même endroit. Le toit convertible était toujours abaissé et des ruisseaux d'eau s'accumulaient dans les rainures des sièges en cuir. Le vin Verdant Valley Vineyards de Désirée n'était plus sur la banquette arrière.

Alors que Tyler discutait des preuves médico-légales, je décidai de ne plus attendre. Il pourrait me rejoindre à l'intérieur une fois qu'il aurait terminé son appel.

Je sortis du siège passager et me dirigeai vers le gymnase. Les voix fortes qui émanaient des portes ouvertes vers l'extérieur ressemblaient davantage à une fête bien arrosée d'un samedi soir qu'à une fête paroissiale en début d'après-midi.

À l'intérieur, j'ai compris où étaient passés les clients de tante Pearl. Toute la ville était là, mais les gens de l'industrie du vin semblaient être partis.

L'ambiance festive troublait mon esprit. Bien sûr, personne ne savait encore que Richard avait été assassiné. Ils ne semblaient même pas avoir remarqué son absence.

Alors que je me demandais si le concours était déjà terminé ou s'il n'avait peut-être pas encore commencé, le microphone couina dans les haut-parleurs du plafond.

Je sursautai à ce bruit aigu et je regardai la scène.

Tante Pearl se trouvait devant un microphone presque aussi grand ou petit qu'elle. Elle n'avait pas perdu de temps avec cette prise en main. C'était bien, d'une certaine manière. La connaissant, tous les jugements seraient terminés rapidement parce que personne n'osait se disputer avec elle. Tyler ne devrait pas chercher d'excuses à l'absence de Richard et l'événement se terminerait à l'heure.

— Écoutez, tout le monde, hurla tante Pearl dans le microphone.

Je me bouchais les oreilles avec les mains pour atténuer l'effet Larsen du microphone quand elle me découvrit soudainement.

Elle était là, au milieu de la scène, dans son jogging scintillant parsemé de paillettes rouges, inclinant le micro à la manière d'un crooner, à la Mick Jagger. Elle n'avait pas pris la peine de le régler à sa taille, s'attendant probablement à ce que tout soit terminé en un clin d'œil. — Le jugement commence dans cinq minutes !

Derrière elle se trouvait une longue table recouverte d'une nappe de lin blanc. Deux des trois chaises étaient occupées par deux des trois juges, une femme et un homme. La chaise de Richard au milieu était visiblement vide.

Bien que porter les juges à trois cette année semble plus démocratique, l'un était Carol, l'employée de Richard à la banque, et l'autre était Reggie, son copain de golf. Ou plutôt il l'avait été. Je regardai la chaise vide de Richard. Le système des trois juges n'était qu'un spectacle. Ils auraient suivi son exemple de toute façon. Qu'allaient-ils faire maintenant en son absence ?

Personne sur scène ne semblait remettre en question l'autorité de tante Pearl ou l'absence de Richard. Peut-être avaient-ils peur de commencer le jugement. Ou peut-être étaient-ils trop ivres pour y penser.

Au bord du podium se trouvait une table identique avec des dizaines de verres à vin. Lacey Ratcliffe, une amie de Trina âgée d'une vingtaine d'années, se tenait derrière la table. Son travail consistait à fournir à chaque juge un verre de vin frais pour chaque échantillon de vin, puis à collecter les verres de vin vides après chaque dégustation.

Tante Pearl parla dans le micro.

— Votre attention, s'il vous plaît ! Richard ne se présente pas, nous avons donc changé de jugement. Veuillez souhaiter la bienvenue au juge Earl.

Elle fit un grand geste de la main.

Le petit ami de tante Pearl était facile à vivre, mais à cet instant, il avait l'air de préférer être ailleurs que sur le podium. Ses yeux se précipitèrent en avant et en arrière en regardant le podium comme s'il voulait s'enfuir.

— Earl ! Amène tes fesses ici, chuchota tante Pearl bruyamment, mais dans le microphone et tout le monde l'entendait.

Les yeux d'Earl s'écarquillèrent, mais il se traîna lentement sur le podium. Il laissa échapper un gros soupir et s'assit sur le siège vide de Richard entre Carol et Reggie. Il regarda droit devant lui, résigné à son destin.

Les autres juges avaient l'air confus, mais ne s'y opposèrent pas.

Désirée se précipita sur le podium et regarda Tante Pearl d'un air furieux.

— Vous ne pouvez pas faire ça.

— Bien sûr que si. Qu'est-ce qu'il y a ? Craignez-vous de ne pas gagner sans que votre petit ami vous fasse gagner ? Eh bien, peut-être pas. Nous pourrions bien nous retrouver avec un autre gagnant cette année.

Les taquineries de tante Pearl lui donnaient l'air d'une racaille de cour de récréation.

Désirée rouspéta en sortant son téléphone, appelant probablement Richard. Elle le remit dans sa poche un instant plus tard, fronçant les sourcils.

— Où est cet homme ?

À ce stade, personne d'autre que Désirée ne se souciait du vin de l'année. Les gens voulaient juste picoler un peu plus.

Tante Pearl frappa dans ses mains.

— Bien, voilà tout le monde, nous allons commencer par la catégorie « Vin le mieux amélioré ». Préparez vos verres et suivez-moi.

— Ouah… attends une seconde, Pearl, dit Earl.

— J'ai des doutes à ce sujet. Je ne bois pas d'alcool. Comment saurai-je quel vin est bon et lequel ne l'est pas ?

Tante Pearl le congédia d'un geste de la main.

— Ce n'est pas une affaire d'état, Earl. Il suffit de suivre l'exemple des autres juges. Ça va aller.

Earl jugerait donc en état sobre, pour commencer au moins. En tant que non-buveur, il ne le resterait pas longtemps après avoir goûté tous les vins.

Carol et Reggie avaient déjà participé à des dégustations un peu trop poussées, à en juger par leurs visages rougis et leur discours trouble. Leurs voix ivres étaient si fortes qu'elles pouvaient être entendues sans microphone. Elles s'amusaient un peu trop. Nul doute qu'elles feraient également du bénévolat pour le concours de l'année prochaine.

— C'est une dégustation à l'aveugle.

Tante Pearl brandit un sac en papier kraft. Il ressortait clairement que le sac en papier marron contenait une bouteille de vin. Un grand « # 1 » était marqué sur le sac avec un feutre noir. Elle baissa la bouteille et se dirigea vers la table des juges.

Elle versa une généreuse quantité de vin dans le verre à vin vide devant chaque juge.

— Voici le marché. Vous marquez chaque vin sur une centaine de points, mais personne n'obtiendra jamais cette note. Personne ne comptera moins de cinquante points non plus. Alors… trouvez des chiffres entre cinquante et quatre-vingt-dix-neuf, d'accord ?

— Pourquoi ne pas simplement compter de zéro à cinquante points ? demanda Earl.

Tante Pearl secoua la tête.

— Earl, tu ne connais rien aux bons vins ? Cela ne se fait pas comme ça.

Earl ouvrit la bouche pour parler, mais fut étouffé par le doigt de tante Pearl qui remuait devant son nez.

— Nous suivons les règles du *Wine Spectator*. Personne ne sait pourquoi ils comptent de cette façon, mais je ne fais pas les règles, Earl. Choisis simplement un nombre entre cinquante et quatre-vingt-dix-neuf, et finissons-en pour que nous puissions sortir d'ici. Nous ferons la moyenne des scores des trois juges pour obtenir un nombre de points total.

Tante Pearl s'approcha du microphone.

— Voici l'échantillon numéro un. Buvez, tout le monde.

Les deux juges ivres acceptèrent joyeusement tandis qu'Earl prenait une gorgée prudente. Il grimaça, détestant clairement le vin. Je souris, malgré moi. Il se donnait tant de mal pour maintenir tante Pearl heureuse.

Alors que le score officiel pour chaque vin avait été déterminé par les trois juges, les festivaliers avaient également goûté et comptés aux côtés des juges. Les gens gagnèrent des prix pour avoir obtenu les mêmes résultats que les juges, tels que les gagnants dans chaque catégorie et le gagnant dans son ensemble.

La nappe blanche des juges devint plus rose au fur et à mesure que les dégustations avançaient. Bientôt, plus de vin fut renversé que bu. Earl continua consciencieusement à siroter le vin et sembla même se détendre un peu.

Tante Pearl remplissait les trois verres et en versait maintenant un quatrième. Elle plaça le verre devant elle.

— Hé, vous n'êtes pas juge ! Désirée désigna tante Pearl.

— Vous ne pouvez pas juger le vin de Ruby. C'est votre sœur.

Tante Pearl leva les yeux au ciel.

— Bien sûr, je ne juge pas. Je suis le témoin, et je prélève au hasard le vin pour m'assurer que le bon vin est dégusté à l'aveugle. Au cas où nous aurions des tricheurs.

Elle regarda fixement Désirée, qui planait près du podium.

— On sait que les gens changent de bouteille, et je ne tolérerai aucune altération des dégustations.

Désirée posa les mains sur ses hanches.

— Vous insinuez quoi exactement, Pearl ? Que je ne gagne pas équitablement ?

Tante Pearl ricana.

— C'est vous qui l'avez dit, pas moi.

— Vous ne faites même pas partie du comité de jugement. Vous ne pouvez pas simplement prendre le relais et gérer les choses comme vous le souhaitez.

Les yeux de tante Pearl se plissèrent alors qu'elle regarda Désirée de haut en bas.

— Les gens qui rôdent autour d'une manière le font probablement d'une autre manière aussi.

Vous n'êtes pas responsable de cette affaire, Pearl, cria Désirée.

— C'est Richard.

— Il est absent sans autorisation, Désirée. Il fallait que quelqu'un gère ce spectacle.

— Mais Richard…

— Richard n'est pas là.

Tante Pearl tapota sa montre.

— Notre licence d'alcool expire dans une heure. Voulez-vous que le concours ait lieu ou non ?

Désirée la regarda d'un air méfiant.

— Où est-il ? Je n'arrête pas de l'appeler, mais il ne répond pas au téléphone.

J'étais derrière Désirée alors qu'elle criait à Tante Pearl, mais ni l'un ni l'autre n'avait remarqué ma présence. C'était tout aussi bien, parce que j'avais un secret trop grand à garder. Mon cœur cogna dans ma poitrine. Je craignais de révéler accidentellement la mort de Richard.

Je ne devais pas m'inquiéter longtemps, car Désirée était au téléphone, sans doute en train d'appeler Richard à nouveau alors qu'elle retournait à son stand de Verdant Valley Vineyards.

Je jetai un coup d'œil à travers la salle de sport quelques instants plus tard et je vis que Désirée parlait maintenant à plusieurs clients. C'était une autre personne dont la vie allait changer pour toujours, même si elle ne le savait pas encore. Je me demandai comment Tyler allait faire passer la nouvelle à Désirée. Elle n'était pas mariée à Richard comme Valérie, donc elle n'était pas considérée comme membre de la famille et non pas la première à entendre parler de sa mort.

Je n'étais certes pas d'accord avec les liaisons extraconjugales, mais je ne trouvais pas normal que Désirée apprenne la mort de Richard en même temps que le grand public. Même si elle était « l'autre femme » et non l'épouse de Richard, elle était proche de lui. Tyler avait du pain sur la planche.

J'entendis un bourdonnement dans la foule près de l'entrée du gymnase. Valérie Harcourt rentrait furieusement, semblant vouloir tuer quelqu'un !

La femme de Richard portait une chemise ample en lin blanc, son jean très étroit enfoncé dans des bottes de cow-boy de marque. Sa tenue décontractée était en contradiction avec l'expression furieuse de son visage.

À ma connaissance, Valérie n'avait jamais assisté à une fête du vin, bien que Richard eût la charge du concours de dégustation depuis près d'une décennie. Je soupçonnais que Valérie était là pour confronter à la fois Désirée et Richard au sujet de leur liaison de manière très publique.

Je sortis mon téléphone pour appeler Tyler et fut soulagé quand il répondit immédiatement au lieu que mon appel tombe sur la messagerie vocale.

— Valérie Harcourt vient de franchir la porte et elle a l'air de vouloir tuer quelqu'un. Tu ferais mieux de venir vite. Les choses sont sur le point de s'empirer entre elle et Désirée.

— Je viens tout de suite, dit-il.

Ça ne pouvait être assez tôt.

Valérie traversa le gymnase presque en courant. Elle scanna le gymnase, puis se dirigea vers le stand Verdant Valley Vineyards de Désirée.

Soudain, la salle de sport devint silencieuse. Les voix fortes se mirent à murmurer, puis tout le monde s'arrêta de parler. Tout ce qui brisa le silence fut le claquement des talons de Valérie alors qu'elle marchait vers Désirée.

— Où est-il ?

Valérie se dressa devant Désirée de manière provocante, les mains sur les hanches.

— Qui est où ? répondit Désirée avec une voix aiguë.

— La ferme, Désirée. Tu sais de qui je parle.

— Richard, mon mari.

Elle insista sur les mots « mon mari ».

Je fixai désespérément la porte, me demandant pourquoi Tyler mettait autant de temps à marcher à l'intérieur depuis le parking.

Mon esprit s'empressa de trouver une excuse pour les interrompre.

Désirée jeta les mains en l'air.

— Je ne sais pas où il est cet homme. Il est quelque part par ici. Je ne surveille pas chacun de ses mouvements comme toi, tu le fais. Tu as dû voir sa voiture sur le parking.

— Pourtant, il n'est pas là.

Valérie frappa du pied, son visage rougi de colère.

— Il est chez toi ?

— Bien sûr que non. Nous… je veux dire il — m'a juste conduit—

Désirée s'arrêta au milieu de la phrase alors que l'énormité de l'absence de Richard s'enfonçait.

— Oh, punaise, Désirée. Dis-moi juste où il est.

Trina ouvrit largement ses yeux.

— Quelque chose cloche.

Quelque chose n'allait pas du tout. Je savais exactement où était Richard, mais je ne pouvais rien dire. Je jetai un coup d'œil inquiet à l'entrée du gymnase. Où était Tyler ?

Finalement, la porte du gymnase s'ouvrit et Tyler entra. Il se fraya un chemin devant les nombreux petits groupes de dégustateurs de vin et d'acheteurs. Il marcha rapidement vers nous. Son visage était sans expression, un comportement professionnel conçu pour ne rien dévoiler.

Je jetai un coup d'œil à Valérie et à Désirée, qui avaient maintenant cessé de se disputer. Nous regardâmes tous en silence Tyler s'approcher de nous, ignorant les salutations des ivres qui se trouvaient sur son chemin.

CHAPITRE 16

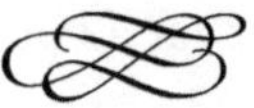

— Qu'est-ce qui se passe ? demanda Valérie alors que Tyler se dirigeait vers elle. Son visage était devenu d'un blanc fantomatique, et elle vacillait déstabilisée sur ses pieds.

Je mis mon bras autour d'elle et la dirigeai vers une chaise à quelques mètres de là. Juste à temps d'après la suite. Je sentis ses jambes s'effondrer alors qu'elle se posait sur la chaise. Cela me parut étrange. Sa réaction était-elle une prémonition ou quelque chose de plus ?

Tyler s'agenouilla à côté d'elle et parla à voix basse.

Désirée s'avança vers Valérie et Tyler.

— Qu'est-ce qui se passe ? Qu'est-ce qu'il dit ?

Je me mis devant Désirée et lui bloquai le chemin avec mon bras.

— Non, Désirée. Laisse-les parler.

Elle me regarda avec méfiance et marmonna :

— Si c'est à propos de Richard, j'ai le droit de savoir aussi. En fait, j'ai probablement bien plus que le droit de savoir.

Finalement, mon intervention n'eut aucun effet.

— Il est parti ! cria Valérie.

Tout son corps trembla alors qu'elle baissait la tête et sanglotait dans ses mains.

— Qu'est-ce que je vais faire ?

— Je pensais qu'elle demandait le divorce, murmura tante Pearl. Quelle drama queen, elle en fait des tonnes.

Je posai mon doigt sur mes lèvres.

— Tais-toi, tante Pearl.

À ce moment-là, Désirée passa devant moi et me fit presque tomber.

— Parti où ? Il a vraiment besoin de revenir ici pour présider la dégustation des vins.

— Ta gueule, briseuse de ménage !

Valérie bondit de son siège, apparemment déjà rétablie de son choc, subit à la mauvaise nouvelle.

— Personne ne s'intéresse à ton vin à la noix. Nous savons tous que tu es une tricheuse.

Tyler s'interposa entre les deux femmes et tendit un bras dans chaque direction pour les garder à distance.

Valérie se réinstalla sur sa chaise.

— Je me laisse fermer mon bec par personne !

Désirée croisa les bras et tapa du pied avec impatience.

— Et ne me parle plus jamais comme ça, Val. Est-ce que quelqu'un pourrait me dire ce qui se passe ?

Je posai ma main sur le bras de Désirée.

— Pourquoi tu ne t'assois pas ? Je pense que Tyler veut te parler aussi.

Désirée regarda ma main avec dégoût, mais elle s'installa.

Tante Pearl la suivit.

— Richard est mort, c'est ça ce qui se passe.

— Comment tu — je m'arrêtai en plein milieu de la phrase. Tante Pearl n'aurait pas pu savoir. Je ne lui avais pas dit et Tyler non plus. Les seules autres personnes qui savaient que Richard était mort, à part les pompiers volontaires, étaient Trina et Antonio. Antonio était à Shady Creek en train d'être interrogé et Trina était avec lui.

Personne d'autre ne savait.

À part le tueur, bien sûr. Un frisson me parcourut l'échine.

Désirée fronça les sourcils.

— N'invente pas d'histoires aussi ridicules, Pearl. C'est impossible ! Richard était ici ce matin. Il s'est juste éloigné pendant un moment. Il sera de retour à tout moment.

— L'espoir fait vivre, dit tante Pearl.

— Mais ça n'arrivera pas.

Tyler s'approcha pour parler à l'endroit où Désirée était assise et s'agenouilla à côté d'elle.

— Quand as-tu vu Richard pour la dernière fois, Désirée ? demanda Tyler.

— Je ne sais pas… ça fait quelques heures. L'as-tu vu ? J'ai été tellement occupé à mettre le stand en place que je ne me souviens plus. Tu as besoin de lui parler? Peut-être qu'il avait une course à faire.

Tyler se gratta le menton.

— Quel genre de course ?

— Comment pourrais-je le savoir ? Je ne suis pas sa gardienne. Désirée regarda Valérie avec insistance.

— Pourquoi tu es si théâtrale, Val ? Tu disais à Richard que tu voulais rompre.

— Non, je n'ai pas dit ça. C'est un mensonge !

Valérie cracha les mots comme du venin alors qu'elle se levait pour se mettre debout.

Je scannai la salle de gym pour trouver maman. Elle s'entendait bien avec tout le monde et pourrait probablement désamorcer la situation entre les deux femmes. Je regardai son stand, mais je ne la voyais pas. Puis son rire brisa le silence. Curieusement, elle n'avait pas remarqué le silence qui était tombé sur la foule.

Elle devait avoir senti mon regard, car ses yeux rencontrèrent les miens, et sans un signe de ma part, elle traversa le gymnase pour nous rejoindre.

— Cen, qu'est-ce qui ne va pas ? demanda-t-elle avec un regard inquiet.

Je la pris à côté et lui expliquai la situation au moment même où Désirée poussait un énorme cri. Le message de Tyler rendit la chose officielle et très concrète.

— Tu l'as tué ! Désirée se jeta sur Valérie.

— Tu me l'as volé, juste au moment où nous étions sur le point de nous fiancer.

— Tu ne peux pas te fiancer à un homme qui est déjà marié.

Tante Pearl plaça un bras osseux devant Désirée et bloqua son chemin.

Désirée recula, confuse devant la force surprenante de tante Pearl. Nul doute que Tante Pearl avait ajouté un peu de puissance musculaire magique.

— Bien sûr que si. Tout le monde peut se fiancer avec n'importe qui d'autre. C'est simplement une promesse pour l'avenir. Il n'y a aucune loi contre ça. Désirée se tourna vers Tyler. — Pas vrai, shérif ?

— Concentrons-nous sur Richard. Je vais devoir vous parler à toutes les deux, en commençant par vous, Valérie.

Tyler fit un signe de tête vers elle.

— Si vous êtes d'accord pour conduire, pouvez-vous me rejoindre au bureau de police dans dix minutes ?

Valérie essuya les larmes de ses joues et se leva de sa chaise.

— Pas de problème. Je vais partir maintenant. Elle se retourna et traversa lentement le gymnase, et ses pas auparavant énergiques étaient à présent fatigués et abattus.

Une fois qu'elle fut hors de portée des oreilles, Désirée se tourna vers Tyler.

— Vous savez que c'est elle, n'est-ce pas ? Leur mariage était déjà terminé depuis des années. Sa théâtralité n'est qu'une illusion. Elle a fait appel à un voyou pour faire tabasser Richard parce qu'ils avaient récemment augmenté leur assurance vie. Elle a souscrit une assurance vie importante pour lui. Au début, j'ai pensé que Richard exagérait quand il me disait que quelqu'un le suivait.

— Quand est-ce qu'il vous a dit ça ? demanda Tyler.

— Il y a quelques semaines quand il a demandé le divorce.

— Je pensais que c'était Valérie qui voulait le divorce, soulignai-je.

— Euh, non. J'ai lancé un ultimatum à Richard en lui disant que c'était elle ou moi. Il a finalement dit à Val que c'était fini. Elle savait que s'ils divorçaient, ils devraient tout partager à parts égales. Mais maintenant, elle aura sept cent mille dollars de l'assurance et elle garde le ranch. Je sais qu'elle a payé quelqu'un pour le faire.

Tyler haussa les sourcils.

— Vous avez une preuve ?

— Je l'ai entendu de Lès Crabtree, dit Désirée. Il lui a vendu la police il y a quelques semaines.

Je vais vérifier cela avec Lès. Tyler consulta sa montre.

— Pouvez-vous passer au bureau à dix-sept heures trente ? Vous pourrez m'en parler.

Désirée sourit.

— J'ai trop hâte.

CHAPITRE 17

*J*e vais avoir besoin de ton aide, Cen. Tyler soupira.

Nous nous sommes assis dans son petit bureau à l'arrière de la station de police où nous étions allés immédiatement après avoir informé Valérie et Désirée du meurtre de Richard. L'enceinte elle-même était située au rez-de-chaussée de l'hôtel de ville. Une longue salle étroite séparait l'antichambre du bureau de Tyler, une salle d'interrogatoire et une petite cellule de détention.

— Je pensais que tu ne demanderais jamais ! Valérie allait arriver à tout moment. À ce moment-là, Tyler se concentrerait uniquement sur Valérie et l'interrogerait.

Tyler sourit.

— Je te nommerai temporairement shérif adjoint, mais tu perdras alors tous les droits de publier tout ce que tu entends ou vois.

Je levai les mains en signe de protestation simulée.

— Faire taire la presse ?

— Comme je disais, ce n'est que temporaire. Je vais interroger Valérie et Désirée ici. Je ne les connais pas personnellement, mais je connais très bien Antonio. Je ne veux aucune accusation de partialité. C'est pourquoi j'ai demandé à la police de Shady Creek de faire une interrogation préliminaire avec lui à la place. Ils ont déjà fait les tests pour la médecine légale, il est donc logique qu'ils mènent son interrogatoire initial. Je veux sa version des événements avant qu'il ne parle à quelqu'un d'autre. Ceci me donne aussi le temps d'interroger Valérie et Désirée. Puisque je suis le seul membre de la police de Westwick Corners, je ne peux pas tout faire. Je ne veux pas non plus transférer toute l'enquête à Shady Creek.

Je fis oui de la tête. Tyler et Antonio allaient parfois pêcher ensemble et se voyaient souvent.

— Qu'est-ce que tu attends de moi au juste ?

— Je me concentre immédiatement sur la scène de crime. Je vais bientôt récupérer les résultats médicolégaux du laboratoire, mais avant que cela ne se produise, je veux faire une visite guidée de la cave et avoir une idée de ce qui s'y trouve.

— Mais avant cela, je dois interroger les deux amoureuses de Richard. Je ne connais ni l'une ni l'autre très bien. Qu'est-ce que tu peux me raconter à leur sujet ?

— Valérie est née et a grandi ici, dis-je. En tant qu'adolescente, elle fut championne équestre et participait à des compétitions de saut d'obstacles, financées par ses riches parents. Elle arrêta il y a dix ans et maintenant elle élève des chevaux de course, entre autres choses. Elle eut beaucoup d'occasions d'affaires ratées. Son spa et son complexe de bien-être ont fait faillite, et un projet de station de vacances d'entreprise à la ferme n'a jamais vraiment décollé. Beaucoup d'amis, mais aussi beaucoup d'ennemis. Elle profite parfois de la générosité des gens. Elle ne perd jamais son sang-froid, mais elle se retourne contre les gens qui lui ont fait du tort. Pareil que Désirée, et peut-être Richard aussi.

— Donne-moi un exemple, dit Tyler.

— Avant de faire faillite, le spa de bien-être de Valérie avait conclu un accord avec un magasin de vêtements local. Valérie vendait leurs vêtements à son spa sur commission. Elles se sont disputées avec la propriétaire du magasin qui propageait partout en ville que Valérie ne payait pas ses factures. Valérie riposta en accusant la propriétaire du magasin de ventes non déclarées et d'évasion fiscale. La propriétaire du magasin a été blanchie de tout acte répréhensible, mais seulement après avoir dépensé une petite fortune en frais juridiques pour blanchir son nom.

— Mariage heureux ? demanda Tyler.

— Tu devrais le demander à Valérie, mais je suppose que non. Serais-tu heureux si ton conjoint avait une liaison affichée publiquement depuis cinq ans ?

— Depuis combien de temps était-elle mariée à Richard ?

— Hum… je pense une quinzaine d'années. Ils ont commencé à sortir ensemble peu de temps après que la banque l'ait transféré ici, et ils se sont mariés un an ou deux plus tard. Ils n'ont pas d'enfants, juste beaucoup de chiens et de chevaux.

— Très bien. Valérie devrait arriver d'une minute à l'autre. Je veux que tu observes ses réactions et que tu prennes beaucoup de notes.

— Je peux faire ça, oui.

En tant que journaliste, j'avais l'habitude d'observer les réactions des gens, leur langage corporel et leurs tics faciaux. Ils révélaient beaucoup de choses sur une personne, en particulier dans des situations stressantes lorsque leur garde était baissée.

DIX MINUTES PLUS TARD, j'étais dans la pièce adjacente à la salle d'interrogatoire derrière un miroir sans tain. Valérie Harcourt était assise à droite d'une petite table rectangulaire et Tyler était assis à gauche. Valérie tordit son corps sur le côté de sa chaise, visiblement mal à l'aise. Elle évitait tout contact visuel direct avec Tyler en tripotant sa bandoulière de sac à main. Elle avait un regard vide, reconnaissant à peine sa présence. Elle était soit en état de choc, soit sous médication, soit les deux.

— Parlez-moi de Richard, dit Tyler. Avait-il mentionné vouloir visiter Lombard Wines aujourd'hui ?

Valérie secoua la tête.

— Non, mais Richard m'a raconté ce qui s'est passé quand il est allé chez Antonio vendredi. Il disait qu'Antonio était assez contrarié lorsqu'il lui avait annoncé que la banque avait l'intention de lancer une procédure de saisie. Qu'Antonio n'étaient pas lui-même ces derniers temps et qu'il avait des réactions assez imprévisibles. Richard craignait pour sa sécurité et pensait qu'Antonio pourrait riposter d'une manière ou d'une autre. Antonio a même menacé de tuer Richard s'il saisissait Lombard Wines. Richard n'avait jamais cru qu'il le ferait, mais il s'inquiétait quand même. Il me recommandait de garder nos portes verrouillées à la maison, de m'assurer que la porte d'entrée était verrouillée et d'être généralement aux aguets.

— Quand est-ce qu'il vous a dit ça ?

— Vendredi soir après le travail, pendant le dîner. Il venait de rentrer de Lombard Wines.

Tyler se gratta le menton comme s'il réfléchissait à ses prochains mots.

— Valérie, c'est peut-être une rumeur, mais je dois vous le demander. Vous et Richard aviez-vous des problèmes de couple ?

Valérie laissa échapper un petit rire jaune.

— Je suppose que tout le monde en ville était au courant de l'histoire de Richard et Désirée, sauf moi. Je suis tellement idiote pour ne pas avoir reconnu les signes. Ses soi-disant voyages d'affaires, ses appels en fin de soirée…

— N'importe qui serait surpris, Valérie.

Elle renifla et prit un mouchoir en papier dans la boîte sur la table.

— J'ai toujours pensé qu'on était heureux dans notre couple. Mon Dieu que j'étais aveugle ! Je ne l'ai su qu'il y a un mois, croyez-le ou non. Et de penser que cela dure depuis cinq ans.

— Sinon, comment était votre mariage ? demanda Tyler.

Valérie haussa les épaules.

— C'est important ? Tout ce que je pensai être vrai était un mensonge. Comment vous sentiriez-vous si votre conjoint avait une liaison de longue durée et que vous ne l'aviez pas remarqué ? J'étais folle furieuse et j'ai dit à Richard que je demandais le divorce immédiatement.

Comment a-t-il réagi ? demanda Tyler.

— Il… il a dit qu'il était désolé, qu'il ne voulait pas me perdre. Il me promit de rompre immédiatement.

— Et il l'a fait ?

Valérie secoua la tête.

— Pas de suite, non. Il me donna un tas d'excuses, qu'il avait besoin de plus de temps pour mettre fin aux choses avec elle. Mais quand j'ai engagé un avocat en divorce quelques jours plus tard, il m'a supplié de rester. Il a dit qu'il voulait travailler sur notre couple et m'a demandé de ne pas aller jusqu'au bout du divorce. Alors… nous en étions restés là. D'une manière ou d'une autre, il fallait aller de l'avant. Je mis le divorce en attente, et il y a quelques jours nous sommes allés à notre premier entretien de conseil conjugal. Richard était supposé annoncer à Désirée vendredi soir que c'était fini.

À la mention de Désirée, les yeux de Valérie brillèrent de colère.

Pendant que Tyler griffonnait, j'étudiai Valérie, qui était venue à la station de police dans des vêtements plus confortables. Elle portait une veste en polaire ample sur sa chemise en lin, qui était maintenant plissée et sale. Elle avait changé ses jeans de luxe et ses bottes de marque contre un pantalon de jogging et des baskets.

Une épouse en deuil ne se souciait généralement pas de son apparence. Elle choisissait le confort plutôt que la mode. En revanche, une épouse qui tue se souciait beaucoup plus de sa tenue. Ses vêtements seraient une sorte de déguisement pour jouer un rôle. Quel rôle jouait Valérie ?

Tyler posa son crayon et regarda Valérie.

— Pourquoi êtes-vous allée à la fête du vin à la recherche de Richard ? Beaucoup de gens ont dit que vous étiez assez contrariée.

— Ça, on peut le dire que j'étais contrariée ! Dans son excitation, elle haussa le ton. — Richard avait promis de rompre avec Désirée et de ne plus jamais lui adresser la parole. Au lieu de cela, je découvre qu'il est venu la chercher ce matin même pour l'emmener à la fête du vin. Ne seriez-vous pas contrarié ?

Tyler ne répondit pas. Où étiez-vous ce matin, Valérie ? demanda-t-il à la place.

— Vous pensez que c'est moi qui ai fait ça ? Vous avez perdu la tête, shérif Gates.

— Veuillez simplement répondre à la question.

— J'étais en promenade avec mon cheval.

Elle sanglota.

— Quelqu'un vous a vu ? Tyler se leva et sortit sa chaise de derrière la table. Il la déplaça sur le côté de la table, réduisant ainsi de moitié la distance entre lui et Valérie. Il s'assit et rapprocha encore plus sa chaise. Maintenant, la distance entre eux était très réduite.

Tout ce que je vis, c'était son dos. Je me concentrai davantage sur Valérie.

Elle ne répondit pas à sa question. Au lieu de cela, elle recula sur sa chaise avec un air effrayé.

Tyler répéta la question.

— Des témoins qui peuvent confirmer l'endroit où vous vous trouviez, Valérie ? Avez-vous parlé à quelqu'un pendant la promenade ?

Valérie se mordit la lèvre et secoua la tête.

— Suis-je suspecté maintenant ?

— J'essaie tout simplement d'aller au fond des choses. Avez-vous tué Richard ?

— Pourquoi ferais-je ça ? Je viens de vous le dire, j'aurais demandé le divorce si Richard ne m'avait pas supplié de ne pas le faire. J'étais prête à en finir avec tout cela.

— Le divorce peut coûter cher — vous finissez par donner à votre mari infidèle la moitié de tout. Maintenant qu'il est parti, tout vous appartient. Problème résolu.

— Non, shérif. Notre hypothèque était remboursée et nous avons beaucoup investi. Nos finances étaient meilleures que jamais. Il y avait assez d'argent à nous partager à tous les deux. Le travail de Richard était bien payé et je ne voulais rien.

— Sauf l'amour d'un mari qui triche, dit Tyler.

— De nombreux crimes passionnels commencent par une trahison. Je pouvais comprendre si vous — .

— Antonio l'a tué et vous le savez, déclara Valérie.

— Pourquoi vous ne lui parlez pas à ma place ?

Mais Tyler ne répondit pas à sa question.

— Nous parlons à toutes les personnes qui ont eu une quelconque implication avec Richard. Certains que nous interrogeons pour corroborer les faits. D'autres pour établir une chronologie. Nous excluons ceux dont les alibis sont confirmés. Il regarda Valérie avec insistance.

Elle se leva.

— Eh bien, à moins que je ne sois en état d'arrestation, vous ne pouvez pas me garder ici. Suis-je libre de partir, shérif, ou dois-je appeler un avocat ?

Tyler hocha la tête.

— Vous pouvez partir. Mais n'allez nulle part sans me le faire savoir.

Valérie passa devant lui sans un mot de plus et claqua la porte derrière elle.

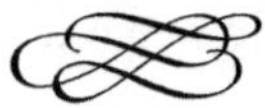

CHAPITRE 18

J e sursautai quand j'entendis une voix à côté de moi. J'étais seule dans la pièce voisine, ou du moins je l'avais cru.

— La perfection est tout, n'est-ce pas ? Un gros pactole d'assurance qu'elle a hâte de mettre entre ses petites mains gourmandes.

— Tante Pearl ! La fête du vin est-elle déjà terminée ?

Elle secoua la tête.

— J'ai fait une pause de dix minutes avant de commencer le jugement de la catégorie suivante. Où est le shérif ? J'ai des informations critiques sur le meurtre de Richard à lui faire savoir.

— Est-ce que cela implique que tu as volé le vin d'Antonio sur la scène de crime ?

— Bien sûr que non ! Tu ferais mieux de ne pas commencer à lancer des accusations si tu veux que je coopère.

Tyler ouvrit la porte à ce moment précis.

— Coopération à propos de quoi ?

— Tu aimerais le savoir, pas vrai ?

Tante Pearl était plutôt sournoise et elle n'a jamais révélé ses méthodes. Si elle le faisait, tu pourrais être sûr qu'elle mentait. La tromperie faisait partie du métier.

— Oui, en fait, dit Tyler.

— Qu'est-ce que t'as ?

Tante Pearl sourit.

— Oh, j'ai des infos que tu ne vas pas croire.

J'en avais marre de gérer les jeux d'esprit de ma tante.

— Tante Pearl dit qu'elle a des informations critiques sur l'affaire.

Tante Pearl me jeta un regard méchant.

— Ne me vole pas la vedette, Cendrine !

— Désolée. Je roulai des yeux pour lui montrer que je n'étais pas désolée du tout.

— Oh ? Tyler croisa les bras et s'appuya contre le mur. Il n'avait absolument pas l'air convaincu par les propos de tante Pearl.

— Dis-moi ce que tu sais.

— Je suis la dernière personne à avoir vu Richard vivant. À part le tueur, bien sûr.

Tyler ouvrit la porte et fit signe à tante Pearl de le suivre.

— Allons dans la salle interrogatoire. C'est assez grand pour que nous puissions tous nous asseoir.

— Très bien pour moi, dit tante Pearl.

— Je dois être placée dans le programme de protection des témoins une fois que je t'ai tout raconté. Puis-je choisir mon nouveau nom ou est-il attribué ?

— Je ne sais pas, mais je vais me renseigner, dit Tyler. Dis-moi ce que tu sais.

Tante Pearl fronça les sourcils.

— Pas aussi vite. Qu'est-ce que j'ai à gagner, shérif ?

Tyler haussa les épaules.

— Une conscience tranquille en faisant en sorte que justice soit rendue. Cela te suffira ?

Tante Pearl grogna.

— C'est tout ?

— Je le crains, Pearl.

Elle soupira.

— Il va falloir que ça le fasse, je suppose. Mais je ne veux pas manquer Dateline. C'est mon émission de télévision préférée sur les vrais crimes.

Tyler jeta un coup d'œil à sa montre.

— Je le note. Maintenant, dis-moi ce que tu sais.

— Comme tu le sais, j'étais *très* occupée à servir les clients au Pearl's Palace, mon bar en bordure de route. T'as vu tous mes clients, shérif ? Même après m'avoir forcée à aller dans un endroit moche, j'avais encore une maison pleine. Les chaises étaient complètes, et les gens s'asseyaient même sur l'herbe juste pour avoir la chance de déguster de bons vins. Quoi qu'il en soit, je venais de servir la dernière bouteille de l'exquis Lombard Wines Méritage d'Antonio au moment que Richard Harcourt partait dans sa voiture de sport sophistiquée. Il était si pressé, sans considération pour personne d'autre que lui-même. Il sortit si vite qu'il pulvérisa du gravier sur tout le côté de Pearl's Palace. Il a laissé des égratignures sur le parement du Palace, shérif !

— Je suis désolé de l'apprendre, Pearl.

— Où est-il allé, Richard ? demanda Tyler.

— Il se dirigeait vers l'autoroute en direction de Lombard Wines.

Antonio leva la main pour faire objection.

— Mais la Corvette de Richard était dans le parking.

Tante Pearl haussa les épaules.

— Je sais ce que j'ai vu.

— À quelle heure cela s'est-il passé ?

Tante Pearl haussa les épaules.

— Je ne sais pas exactement, mais je pense qu'il était entre huit et neuf heures du matin. La dégustation de vin n'avait pas encore commencé et il y avait des dizaines d'amateurs de vin qui ne pouvaient pas attendre le début de l'événement officiel. Je fus beaucoup trop occupée à servir des boissons pour m'arrêter et vérifier l'heure, mais il était tôt.

— Peu importe, juste après cela, j'ai vu Antonio. Son pick-up était garé à côté de celui de Richard, et j'ai vu les deux discuter juste avant que Richard s'en aille en urgence. J'ai essayé d'attirer l'attention d'Antonio pour lui dire que j'avais vendu assez de vin pour payer ses paiements hypothécaires, mais il m'a tout simplement ignorée. Il sortit du parking juste après Richard. Tellement ingrat !

— D'accord, donc Antonio n'avait pas vraiment « oublié » son vin comme il l'a dit.

J'ai fait des guillemets avec mes doigts.

— Je pensais déjà que c'était drôle, d'oublier ça à un moment pareil. Tu as pris le vin d'Antonio et tu l'as vendu malgré lui.

Tante Pearl jeta les mains en l'air désespérément.

— Où est le problème, le plus important c'est que c'est vendu ?

— À moi, ça me pose un problème, dis-je.

— Antonio n'en avait aucune idée et il ne t'a jamais donné la permission de vendre son vin. Quand il a découvert que ses caisses de vin étaient vides, il a dû retourner à la cave pour récupérer plus de vin pour remplacer ce que tu vendais.

Tante Pearl fit la moue.

— Peu importe. Il pourrait être un peu plus reconnaissant pour tout ce que j'ai fait pour lui. J'ai embouteillé son vin pour lui, je lui ai trouvé une petite amie et j'ai vendu la quantité équivalente d'un an de vin. Tout cela en moins d'une journée. Purée que je suis bonne ! Mais Antonio ? Il ne peut même pas dire merci !

— La quantité équivalente d'un an ? Hier, nous n'avions pas mis en bouteille autant. Dès que je prononçai les mots, je réalisai ce qu'elle avait fait.

— Tu as fait apparaître plus de vin ? Tu sais que c'est contre les règles de la WICCA d'utiliser de la sorcellerie pour enrichir qui que ce soit.

— Détends-toi, Cen. Le vin qu'Antonio a présenté à la compétition était l'original. Le seul vin magique est celui que j'ai vendu dans mon bar en bordure de route. Je l'ai fait exactement comme le sien, donc tout le monde sera heureux. Disons que j'ai automatisé le processus. Je n'enfreins aucune règle parce que je lui donne tous les bénéfices.

Je doutais que le conseil de la WICCA soit d'accord avec cette logique, mais je me taisais.

Tante Pearl continuait.

— Bon, revenons à mon histoire. Comme je l'ai dit, Antonio est parti juste après Richard. Il l'a pratiquement suivi hors du parking.

— Allaient-ils tous les deux dans la même direction ? demanda Tyler.

— Oui. Tu n'écoutes pas, shérif ? Antonio *a suivi* Richard. En direction Lombard Wines.

— Encore plus de preuves incriminantes contre Antonio, dis-je.

— Mais s'ils voulaient se parler, pourquoi ne l'ont-ils pas simplement fait à la fête du vin ?

— Peut-être qu'ils voulaient que leur réunion reste secrète, déclara tante Pearl.

— Ils semblaient tous les deux pressés. En tout cas, je ne vois pas comment Antonio aurait pu découvrir le corps de Richard. Antonio suivit Richard dans sa voiture, le talonnant pratiquement. Richard semblait alors bien vivant et Antonio était la dernière personne à l'avoir vu.

Tyler hocha la tête.

— Antonio appela quelques minutes plus tard pour signaler la présence du corps de Richard dans la cave. La chronologie correspond. Suffisamment de temps pour tuer quelqu'un. À peine suffisant.

— Personne n'a vu Richard après ça, souffla Tante Pearl. Tu réalises maintenant que je suis le témoin principal ? Que faire si le meurtrier me poursuit ?

Tyler secoua la tête.

— Tu es en sécurité avec moi, Pearl. Mais n'en parle à personne. Je ne publierai la nouvelle qu'après la fête du vin. Là, je te parle seulement pour obtenir ton compte-rendu de témoin oculaire. Puis-je compter sur toi ?

— Bien sûr, shérif. Mais comment Richard est-il mort ? demanda tante Pearl.

— Je ne peux pas encore donner la cause du décès, Pearl.

— Même pas à moi ? Sa lèvre inférieure se déformait en une moue.

— Je parie que tu l'as dit à Cendrine, n'est-ce pas ?

Sa bouche s'est transformée en un sourire espiègle.

— Désolé, Pearl. Je ne divulguerai ces informations à personne. Même pas à toi.

Ma poitrine m'a semblé se transformer en plomb lorsque j'ai réalisé à quel point les preuves contre Antonio étaient solides. C'était difficile de penser autrement. Antonio avait les moyens, le mobile et l'occasion. Il avait découvert le corps et se trouvait sur les lieux du crime. Et le court laps de temps signifiait qu'il était quasiment impossible pour quelqu'un d'autre d'avoir commis le crime. Seul Antonio avait accès à la cave à vin.

Richard était sur le point de voler la cave à Antonio et de ruiner toute sa vie. Je ne voulais pas penser à Antonio comme à un tueur, mais le désespoir pouvait pousser les personnes les plus gentilles à commettre des actes méprisables.

J'avais toujours pensé que je connaissais très bien Antonio. Mais il devenait de plus en plus difficile d'étouffer les graines du doute qui germaient dans mon esprit.

CHAPITRE 19

— J'ai besoin de ton aide, Pearl. Puis-je compter sur toi ? demanda Tyler.

Tante Pearl regarda Tyler avec méfiance.

— Compter sur moi pour quoi faire ? Est-ce que c'est un genre de piège ?

Tyler secoua la tête.

— Pas de piège, non. Tu es une femme aux nombreux talents, et tu es la seule à pouvoir m'aider dans cette mission importante.

— Ah, vraiment ?

Tante Pearl avait l'air suspicieuse.

— Et qu'est-ce que je reçois en récompense si je dis oui ?

— Tu auras aidé à rendre justice, répondit Tyler.

— Au minimum, je veux que mon apparition à la télé sur « Dateline » dure plus longtemps que la tienne, shérif. Je devrais vraiment être la covedette d'Antonio, ou plutôt la star. C'est moi qui ai fait la lumière sur cette affaire.

Tante Pearl étendit ses bras osseux, me frappant presque en même temps.

— Antonio est innocent jusqu'à preuve du contraire, tante Pearl. Il n'a pas été accusé d'un crime, du moins pas encore. Tyler est l'enquêteur en chef et il n'y a aucun moyen que tu aies plus de temps d'antenne —

Je m' arrêtai au milieu de la phrase en réalisant que je semblais aussi ridicule qu'elle.

— D'un autre côté, tu pourrais fournir des commentaires de fond. Je suis sûre que les producteurs te trouveraient une place dans l'histoire.

Tyler hocha la tête.

— Si tu participes activement à la résolution du crime, ils voudraient évidemment t'interroger. Le mot clé est *aider*, Pearl. Peux-tu faire ça ? Il n'y a pas de célébrité ou d'argent en jeu, mais tu aiderais à attraper un tueur. Fais-le et je ferai de toi une adjointe au shérif à titre d'honneur.

— Je vais le considérer. Qu'est-ce que tu veux que je fasse ?

CHAPITRE 20

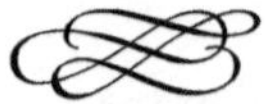

Tyler ne me dit pas ce qu'il avait demandé à tante Pearl de faire et je ne le lui demandai pas. Je préférerais ne pas le savoir, même si je soupçonnais que sa demande était surtout une ruse pour empêcher son ingérence dans l'enquête. Ce qui, d'une certaine manière, aidait.

Je sortis mon ordinateur portable de mon sac à main et je repris mes recherches SecureTech. Le site Web de la société était peu renseigné, probablement pour contrecarrer tout criminel potentiel. Cependant, il y avait beaucoup d'informations en ligne sur diverses technologies de sécurité dans les forums d'utilisateurs. Apparemment, les serrures étaient populaires. J'appris pas mal sur la fonctionnalité d'empreintes digitales biométriques à partir de plusieurs forums. De ce que je pus voir, Antonio avait raison. La serrure était en fait infaillible. Tout comme Antonio, quelques utilisateurs avaient configuré un seul utilisateur sans plan de secours. Ces affaires avaient toutes fini de la même manière. Le mécanisme de verrouillage de la serrure et du verrou avait dû être coupé de la porte, ruinant les deux dans le processus. Il était à l'épreuve du vol, mais pas à l'épreuve des imbéciles.

La serrure à combinaison était une autre histoire. Comme toute serrure, elle pouvait être contournée. Non pas que cela importait avec le scan des empreintes digitales à l'épreuve des piratages. Je laissai un message au numéro du site Web pour que quelqu'un m'appelle à la première heure lundi matin. Ça ne pouvait pas faire de mal, mais je savais déjà que nous ne pouvions pas attendre aussi longtemps. Dans les heures qui ont suivi, j'ai dû apprendre tout ce que je pouvais sur SecureTech ou mourir en essayant.

Je me levai de ma chaise et versai deux tasses de café de la cafetière vintage, Mr. Coffee derrière le bureau. Je trouvai une brique de lait presque vide au frigo et je le versai dans ma tasse. Je portai les deux tasses dans le bureau de Tyler et lui tendis le café noir.

Tyler me remercia en prenant la tasse de café.

— Que sais-tu au sujet de Désirée ?

Plus que ce que je voulais savoir, et plus que ce que je voulais partager avec Tyler. Les gens étaient attirés par le charisme et la personnalité magnétique de Désirée. Elle était généreuse en compliments et en amitié, et elle faisait en sorte que tout le monde se sente spécial. C'est-à-dire, tant qu'ils faisaient ce qu'elle voulait. Sinon, son amitié se transformait en trahison, et ses compliments en accusations. Désirée était une calculatrice, choisissant des amitiés qui se déplaçaient dans les bons cercles sociaux, vivaient dans des quartiers chics et partageaient ses goûts coûteux. La ville était divisée entre ceux qui l'aimaient et ceux qui la méprisaient. Ses commérages et ses mensonges avaient monté les amis les uns contre les autres et certains étaient même devenus des ennemis. Au minimum, un homme, Richard, s'était transformé en mari infidèle. Mais je devais m'en tenir aux faits, pas aux sentiments.

Je pris une profonde inspiration.

— Désirée s'est installée ici il y a environ cinq ans. Elle venait de Seattle, affirmant qu'elle avait fait fortune dans l'immobilier en tant que meilleur agent immobilier. Elle a définitivement de l'argent.

— Elle te l'a dit ? demanda Tyler.

Je secouai la tête.

— Pas à moi directement, mais c'est la rumeur qui court en ville. Elle dépense aussi beaucoup. Elle a acheté Verdant Valley Vineyards en liquide et y investit beaucoup d'argent. Elle prétend que sa vinification n'est qu'un passe-temps, mais la rumeur dit qu'elle importe des raisins coûteux pour gagner un avantage sur les autres vignerons locaux. Elle prétend que son vin est cultivé au domaine, mais son chiffre d'affaires est dix fois supérieur à ce qu'elle pourrait cultiver dans son propre vignoble. Elle achète manifestement plus de raisin qu'elle n'en cultive. Elle le nie, bien sûr.

Tyler se gratta le menton.

— Hum… donc les affirmations d'Antonio sont correctes.

Je fis oui de la tête.

— Désirée et Richard avaient commencé leur liaison peu de temps après son installation ici. Désirée s'en est même vantée, affirmant que Richard lui avait donné plus qu'une « hypothèque ». La rumeur s'est répandue assez rapidement. Je comprends pourquoi Valérie voulait divorcer. Elle a dû trouver ça humiliant.

— Le vin de Désirée est-il bon ? demanda-t-il.

Je haussai les épaules.

— Il n'est pas mauvais. Mais il n'est pas assez spécial pour gagner la première place chaque année. Il ne se démarque pas des autres vins locaux. Mais je ne pense pas qu'elle ait un motif pour tuer Richard. Elle profite beaucoup plus du fait qu'il soit vivant que mort. Être sa maîtresse signifiait que chaque année, il jugeait le vin à la fête du vin et lui décernait le premier prix. Ils semblaient heureux ensemble.

— Peut-être qu'elle voulait plus de lui que la première place dans un concours de vin, déclara Tyler.

— Elle voulait sûrement qu'il quitte Valérie. Cinq ans, c'est long pour sortir avec quelqu'un. Peut-être que leur relation s'est détériorée quand il a promis de la quitter, mais il ne l'a jamais fait.

— C'est vrai, mais Désirée était sur le point d'avoir enfin Richard pour elle si Valérie divorçait.

Tyler et moi sortions ensemble depuis près d'un an maintenant.

— Combien de temps penses-tu qu'on devrait sortir avec quelqu'un ?

Il rougit.

— Je ne sais pas exactement, mais il arrive un moment où tu sais que tu es avec la bonne personne ou que tu ne l'es pas.

— Suis-je la bonne personne ?

J'ai lâché les mots avant de réaliser ce que je disais. Je voulais les effacer immédiatement. Et s'il ne ressentait pas la même chose que moi ?

— Très certainement. Il se pencha pour un baiser.

— Mmm, Cen... je l'ai su au moment où je t'ai rencontré. Mais je doute que Richard soit la meilleure chose qui soit jamais arrivée à Désirée. Elle me semble opportuniste. Elle n'était pas seulement dans cette relation par amour. Voire pour gagner le concours de vin. Il gère la banque, alors peut-être qu'il y a quelque chose là.

— Elle est déjà riche, soulignai-je.

— Cinq ans, c'est long d'attendre que Richard quitte Valérie. Peut-être qu'elle a donné un ultimatum à Richard et qu'il l'a ignoré.

— Ou... Tyler s'arrêta alors qu'il cherchait des mots.

— Peut-être que Désirée réclamait seulement que Richard divorce, mais qu'elle n'était pas sérieuse. Lorsque Valérie mit les roues en marche en demandant le divorce, Désirée avait toutes les chances d'être en permanence avec Richard. Si elle l'utilisait uniquement pour obtenir des faveurs et qu'elle ne l'aimait pas vraiment, ça deviendrait un problème pour elle.

Je secouai la tête.

— Si Désirée ne voulait plus être avec lui, elle pouvait simplement rompre avec Richard et simplement s'en aller. Elle n'avait aucun motif de le tuer.

Tyler hocha la tête.

— Elle a aussi un alibi à toute épreuve. Des dizaines de personnes l'ont vue au salon du vin à divers moments de la matinée.

— Elle aurait pu engager quelqu'un pour le tuer à sa place, dis-je.

— Sauf, qu'elle n'avait pas besoin de faire ça.

Tyler consulta sa montre.

— Elle a aussi une demi-heure de retard pour son rendez-vous.

Comme par enchantement, la porte de l'antichambre claqua et une femme appela.

— Youhouuu ! Shérif Gates ? Il y a quelqu'un ?

C'était Désirée LeBlanc. Elle pensait probablement faire une grande entrée, mais elle échoua.

Je fus secrètement contente qu'il n'y ait personne pour la saluer. Je restai dans la petite pièce adjacente à la salle d'interrogation, invisible, pendant que Tyler entrait dans l'antichambre pour la saluer.

Ils échangèrent des salutations alors que Tyler dirigeait Désirée vers la salle d'entretien et lui fit signe de s'asseoir.

— Je suis venue aussi vite que j'ai pu.

Désirée sourit à Tyler. Sa lèvre inférieure trembla.

— Je n'arrive toujours pas à le croire… mon Richard est parti. Juste comme ça, dit-elle en murmurant.

Je cernai Désirée à travers le miroir à sens unique. Elle portait des bottes en daim bordeaux, des collants assortis et un long chandail de marque rehaussé d'un pendentif doré avec une améthyste d'aspects coûteux. Elle avait plongé dans un nuage de parfum. Ça me chatouillait le nez alors que j'étais dans la pièce à côté.

Désirée avait pris le temps de se changer, de prendre un café à emporter et même de se coiffer. Ses longs cheveux blonds étaient maintenant en chignon, des vrilles encadrant son visage et accentuant ses yeux d'un bleu profond.

— La fête du vin a été un désastre cette année. Sans que Richard ne juge, il n'y avait pas…

Elle s'arrêta au milieu de la phrase, baissa la tête et sanglota.

Quelle manipulatrice ! Tyler tomberait-il dans son panneau ? Je ne savais pas.

Après une minute complète, Désirée leva à nouveau les yeux. Elle se pencha en arrière sur sa chaise et laissa échapper un gros soupir.

— Cela va être dur ! Richard me manque déjà tellement.

Tyler s'assit en face d'elle.

— Toutes mes condoléances, Désirée. Une idée de qui voudrait tuer Richard ?

— Bien sûr, je sais qui l'a fait, shérif. Antonio a été pris en flagrant délit sur les lieux du meurtre. Il a tué mon chéri !

Désirée sanglotait de façon incontrôlable.

Tyler poussa la boîte de mouchoirs sur la table vers elle.

— Nous ne sommes pas encore parvenus à une quelconque conclusion, Désirée. L'enquête est en cours. Ce que nous savons avec certitude, c'est qu'Antonio est retourné au domaine et a trouvé Richard dans la cave. Du moins, c'est sa version des événements.

La bouche de Désirée s'ouvrit.

— Vous n'allez pas l'inculper ?

— Comme je l'ai dit, l'enquête est en cours et nous explorerons chaque piste.

— Est-ce cet entretien est enregistré ?

Les yeux de Désirée se plissèrent alors qu'elle scrutait la pièce, s'arrêtant au miroir à sens unique.

Tyler hocha la tête. Nous enregistrons toutes nos interrogations.

— Oh.

L'énorme bague en diamant de Désirée scintilla tandis qu'elle repoussait un cheveu rebelle derrière son oreille.

Non seulement elle était enregistrée, mais elle était aussi surveillée. Par moi.

Elle regarda la table et plaça ses mains sur ses genoux. Un instant plus tard, elle leva la tête et regarda le miroir à sens unique avec un regard pénétrant. Elle caressa son pendentif d'améthyste avec des doigts manucurés qui n'avaient jamais enduré une minute de travail manuel.

Je rougis, énervée. Je savais qu'elle ne pouvait pas me voir. Même si elle soupçonnait quelqu'un derrière le miroir à sens unique, elle n'avait aucun moyen de savoir que c'était moi. Quoi qu'il en soit, je n'aimais pas tromper qui que ce soit, même une personne que je n'aimais pas beaucoup. Une partie de moi voulait courir dans la salle d'interrogation et me délivrer.

Tyler m'avait seulement demandé d'observer, me rappelai-je. N'importe qui dans une salle d'interrogation de police supposerait qu'il était surveillé derrière un miroir à sens unique, une caméra ou les deux. C'était une procédure opérationnelle standard sur presque tous les spectacles de police.

Manifestement, Désirée n'y pensait pas, sinon elle n'aurait pas commencé à flirter avec Tyler. Elle tendit la main par-dessus la table pour la poser sur la sienne.

— Shérif, vous êtes un homme. Vous savez comment sont les hommes quand leur masculinité est menacée.

Tyler ne dit rien.

Désirée haussa les sourcils, la main toujours posée sur celle de Tyler.

— Les hommes peuvent parfois perdre leur sang-froid. Richard avait du tempérament. Je suppose qu'Antonio aussi. Dans le feu de l'action, les choses peuvent devenir un peu... elles peuvent s'échauffer.

Tyler resta sans expression.

La main de Désirée resta sur la sienne.

Je restai derrière le miroir à sens unique, mais avec difficultés. Je me levai, bouillonnante de colère. Je fis des allers-retours, fulminante. C'était tout ce que je pouvais faire pour ne pas faire irruption dans cette pièce et arracher sa main de la sienne.

Tyler glissa lentement sa main hors de celle de Désirée et prit un stylo. Il griffonna quelque chose sur le bloc-notes devant lui.

Désirée soupira. Elle se pencha en avant.

— Je vais vous confier un petit secret.

Tyler refléta sa posture et se pencha en avant. Il posa ses coudes sur la table.

— Oui ?

Désirée posa à nouveau sa main sur celle de Tyler, se déplaçant lentement vers le haut pour encercler ses doigts manucurés autour de son poignet.

— Antonio est venu me parler il y a quelques semaines. Il m'a supplié de l'aider à faire en sorte que Richard reporte la saisie. Je lui ai dit que rien de ce que je pouvais dire ne changerait l'avis de Richard et que Richard n'avait pas le choix ; il devait appliquer la politique de la banque si quelqu'un ne payait pas son hypothèque. Il prenait son travail au sérieux, vous savez. Je dis à Antonio que c'était inutile et que son temps serait mieux consacré à trouver un moyen de rattraper les retards de paiement. Mais il refusait d'écouter la voix de la raison. Au lieu de cela, il me supplia de parler à Richard.

— Je finis par parler à Richard., je lui demandai s'il y avait des failles hypothécaires pour donner un peu plus de temps à Antonio. Il dit qu'il vérifierait, qu'il le ferait pour moi. Et si Richard avait fini par rencontrer Antonio juste parce que je le lui ai demandé ? Pourrais-je d'une manière ou d'autre être responsable des actions d'Antonio ?

Elle baissa la tête et pleura.

Tyler fit glisser la boîte de mouchoirs plus près de Désirée avec sa main libre. Il ne retira pas son autre main, mais ses muscles de la mâchoire se resserrèrent très légèrement.

Pourquoi Tyler ne retire-t-il pas sa main de celle de Désirée ? Était-ce une tactique d'interrogation pour que Désirée se sente à l'aise, ou autre chose ? Tante Pearl n'aimait pas que je sorte avec le shérif de la ville et se sentait plus réconfortée à ce sujet que notre relation devenait plus sérieuse. Avait-elle mis une sorte de sortilège d'attraction à Tyler et Désirée pour nous séparer ?

Non. Bien qu'elle veuille probablement nous séparer, elle se souciait de moi et ne faisait rien pour me briser le cœur. Je voulais bien le croire. Mais je ne m'étonnerais pas qu'elle lui jette un sort moins fort. Il n'y avait qu'un seul moyen de le savoir.

Je me concentrai sur Tyler et murmurai sous mon souffle :

Manifeste-moi une rivière
    Manifeste-moi une chanson
    Montre-moi les sortilèges
    Qui a ensorcelé cet homme

Ces pensées magiques
    Oh que c'est tragique
    S'effacent
    Il pense à moi à la place

. . .

JE VAIS LES TRAITER,
   Les corriger;
   Et restaurer tous les destins
   Et tout ira bien.

JE M'ARRÊTAI juste à temps. J'aurais presque jeté un sort à mon copain ! Il est vrai que c'était un sortilège de compensation destiné à défaire un sortilège existant, si en fait il en existait un. Pourtant, cela voulait dire s'immiscer dans la vie de quelqu'un. Et dans la vie de Tyler aussi ! Punaise, qu'est-ce qui ne va pas avec moi ?

Tyler connaissait bien mes capacités surnaturelles. Mais il me faisait entièrement confiance. Cependant accepterait-il que je lui jette un sort, même si c'était pour le protéger ?

Probablement pas. Tyler était un homme adulte parfaitement capable de prendre soin de lui-même. Et la plupart du temps, il s'occupait des cabrioles de tante Pearl de bonne humeur, malgré son harcèlement constant.

J'agis plus dans mon propre intérêt que dans celui de Tyler

Que tante Pearl ait jeté un sort à Tyler ou non, j'aurais tort de faire de même. Mes joues rougirent de honte. Je sus dans mon cœur que Tyler m'aimait. Même si tout ça changeait demain, je ne pourrais pas lui faire m'aimer pour toujours en lançant un sort. Aucune quantité de magie ne pourrait forcer l'amour. Aucune quantité de magie ne pourrait effacer l'amour véritable non plus. Lancer des sortilèges pour de mauvaises raisons fonctionnait souvent à court terme, mais à long terme, cela érodait la confiance.

J'étais tellement mieux que ça.

Oui, maintenant j'étais une sorcière accomplie. Mais il y avait un inconvénient. Il était beaucoup trop facile de prendre les choses en main et de lancer des sortilèges pour que le monde fonctionne comme je le voulais. Tout comme les milliardaires achetaient ce qu'ils voulaient avec leur argent, j'avais la magie à ma disposition. En tant que sorcière, je pouvais lancer des sorts pour faire de mes rêves une réalité. Mais la capacité de faire quelque chose n'en faisait pas la bonne chose à faire.

Finalement, je compris pourquoi tante Pearl lançait souvent des sortilèges quand les choses n'allaient pas comme elle l'espérait. C'était tentant de jeter une colère de sorcière quand les choses fonctionnaient différemment de vos attentes. Tante Pearl était une sorcière très talentueuse, mais avec des défauts de caractère - elle était impatiente, vindicative, et avait l'habitude de faire ce qu'elle voulait. Même si je l'admirais en matière de sorcellerie, je ne voulais pas utiliser mes pouvoirs à la légère ou de manière vindicative.

Ouais, j'étais mieux que ça.

Je pris une profonde respiration et murmurai rapidement un sortilège de renversement pour annuler mon sortilège de clarification malavisé. Puis je me recentrai sur Tyler et Désirée.

Je n'allais pas perdre mon sang-froid à cause de cette chipie manipulatrice.

Respire.

Tyler ne faisait que son boulot. Une partie de cela impliquait d'appliquer un peu de psychologie sur Désirée. Il voulait qu'elle se sente suffisamment à l'aise pour baisser sa garde. Un bon interrogateur établit une relation et de la confiance. Si Tyler retirait sa main, la garde de Désirée remonterait.

Je n'aimais toujours pas que Désirée devienne un peu trop à l'aise avec mon copain.

Je voulais quand même courir dans la pièce voisine et arracher sa main de Tyler.

Je voulais quand même lui infliger une malédiction.

Peu importe ce que je voulais, cela ne changerait rien. Tyler avait l'obligation d'interroger Désirée, et j'étais présente seulement pour observer et non pas pour interférer.

Bien sûr, Tyler savait que j'étais derrière la vitre, observant tout ce qui se passait, espérant que je ne ferais pas irruption dans la pièce et ne grillerais pas ma couverture.

Ce que je ferais, sortilège ou non, si elle ne retirait pas sa main *maintenant*.

Heureusement, à ce moment précis, Tyler retira sa main sous prétexte de reprendre sa plume pour noter quelques notes.

J'expirais, me sentant soulagée et embarrassée par ma jalousie.

J'étais folle furieuse que Désirée flirte avec Tyler dès qu'elle se retrouve seule avec lui. Je perdis le peu de respect que j'avais pour elle. Tout le monde savait que Désirée était une manipulatrice et n'hésitait pas à charmer les gens pour obtenir ce qu'elle voulait. Mais tout changea lorsque sa cible était mon petit ami. Et elle était ici parce que son petit ami venait d'être assassiné. Je ne pouvais m'imaginer agir ainsi si quelque chose arrivait à Tyler.

Je me secouais pour revenir à la réalité. Mon travail était d'observer l'interrogatoire, pas de laisser mon esprit vagabonder.

Tyler parla.

— Quand avez-vous vu Richard pour la dernière fois, Désirée ?

— Eh bien, je ne sais pas… il m'a conduit à la fête du vin tôt ce matin, déclara Désirée.

— Nous sommes tous les deux entrés au gymnase. J'étais pressée de voir si mon stand était au même endroit que l'année dernière. Vous savez ce qu'ils disent dans l'immobilier… emplacement, emplacement, emplacement.

Elle rit nerveusement.

— Heureusement, tout avait été mis en place comme je le voulais. Richard retourna à la voiture plusieurs fois pour apporter mon vin. Mon vin est si populaire que j'ai dû apporter des caisses supplémentaires cette année.

— À quelle heure tout cela s'est-il passé ? demanda Tyler.

— Neuf heures, par là.

— C'était la dernière fois que vous l'avez vu ? Vers 9 heures du matin ?

— Je n'ai pas vérifié ma montre à ce moment-là, mais c'était à peu près ça. Richard ne m'a jamais dit qu'il allait quelque part, si c'est ce à quoi vous voulez en venir.

— Il n'a pas mentionné une rencontre avec Antonio ?

Désirée secoua la tête.

— Pas à moi. Je doute qu'il ait prévu de le rencontrer parce qu'il ne programmerait pas autre chose un jour de fête du vin. Mais peut-être a-t-il eu pitié d'Antonio. Richard avait vraiment un faible pour les gens malchanceux.

— L'avez-vous vu parler à Antonio ?

Désirée hocha la tête.

— Antonio a pris Richard par le bras juste au moment où nous entrions dans le gymnase. Je me suis détournée pour parler à quelqu'un, et quand j'ai regardé à nouveau, ils étaient tous les deux partis.

— Vous les avez vus partir ensemble ?

— Non, seulement qu'ils n'étaient plus là en train de discuter ensemble. Je me suis dit que Richard avait autre chose à faire pour se préparer à la fête. Le jour de la fête du vin est l'un de ses jours les plus occupés de l'année. Et en plus de ça, nous avions des plans spéciaux pour plus tard ce soir. Je pense qu'il avait l'intention de me demander en… en —.

La voix de Désirée s'est transformée en un sanglot.

— Il allait me demander en mariage.

— Vous avez discuté de ceci tous les deux ? Tyler ne mentionna pas le fait évident que Richard était déjà marié à quelqu'un d'autre.

Désirée sortit un mouchoir de la boîte et se sécha les yeux.

— Oui, en général. Il avait dit qu'il avait une surprise pour moi ce soir. Valérie lui avait annoncé qu'elle allait demander le divorce. Enfin. Il en était heureux, soulagé. Et ce, même si le divorce lui aurait fait perdre la moitié de tout. Richard avait dit que nous pourrions enfin être ensemble. M,-Mais je suppose que le destin était contre nous. Désirée laissa tomber sa tête dans ses mains et sanglota.

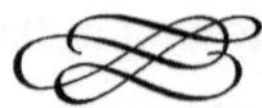

CHAPITRE 21

Quelques minutes après le départ de Désirée, la porte extérieure de la station de police s'ouvrit. Tante Pearl se précipita, essoufflée. Elle claqua la porte et s'appuya contre elle.

— C'est épuisant de faire respecter la loi. J'ai promis à Tyler que je m'assurerais que la fête du vin serait clôturée lorsque la licence d'alcool expirerait.

— C'était ta mission secrète ? demandai-je, me demandant comment elle avait réussi à faire partir tous les participants alors que le jugement n'avait pas eu lieu.

— Bien sûr que non, Cen. C'était la plus facile de deux choses qu'il m'avait demandé de faire. Tout est réglé.

Elle s'assit de l'autre côté de la table et me jeta un regard. Ses yeux brillèrent d'excitation.

— Purée que je suis bonne.

— Comment s'est déroulée cette tâche top secrète ?

Je mourais d'envie de savoir ce que Tyler lui avait demandé de faire et j'espérais la piéger pour qu'elle le révèle.

— Désolée, Cen. Information classifiée. J'ai juré de garder le secret. Elle fit un mouvement de fermeture éclair sur ses lèvres.

— Tu peux être sûre que tout ce que Tyler te dit, il me le dit aussi.

Tante Pearl ricana.

— Oh, je suis sûre qu'il ne te l'a pas dit, Cen. Tu ruinerais tout.

Je regardai vers l'antichambre pour m'assurer que Tyler n'était pas là et je dis :

— Je sais ce que tu as fait, tante Pearl. Tu as volé la clé à maman pour ouvrir la porte de Lombard Wines.

— Pas du tout, Cendrine ! Je ne suis pas une voleuse !

— Mais tu as volé le vin d'Antonio. Tu ne peux pas nier que tu l'as vendu à la vue de tous dans ton bar en bordure de route.

Elle haussa les épaules.

— Ce n'était pas du vol. Je l'ai réutilisé. Mais pour la bonne cause !

— Prendre le vin du camion d'Antonio sans sa permission fait de toi une voleuse, peu importe à quel point tes intentions étaient bonnes. J'étais furieuse et curieuse à la fois.

— Comment es-tu entrée à la cave de Lombard Wines si tu n'avais pas de clé ?

— N'est-ce pas évident même pour toi, Cen ?

— Tu as dit à Tyler ce que tu as fait ?

— Bien sûr que non, et tu n'oseras pas lui dire non plus. Les sorcières ne balancent pas les autres sorcières, Cendrine.

CHAPITRE 22

Tyler était dans son bureau en train de parler au téléphone aux commissaires de Shady Creek. D'après ce que j'ai pu entendre, les commissaires avaient exploité les images de surveillance de plusieurs entreprises situées le long de la route entre la fête du vin et Lombard Wines. Il y avait plus de trafic que d'habitude en raison de la fête du vin, mais la majorité de ce trafic s'était dirigé vers la fête du vin, dans la direction opposée de Lombard Wines.

La police de Shady Creek avait fini d'interroger Antonio et l'avait libéré sans inculpation, du moins pour l'instant. Trina se trouvait déjà sur la route depuis une heure pour aller le chercher.

J'étais assise dans le bureau extérieur du commissariat ; mon café avait refroidi. Ayant fait toutes les recherches possibles en ligne sur la serrure SecureTech, tout semblait indiquer qu'elle ne pouvait pas être piratée. Là encore, les manuels d'instructions ne supposaient pas l'utilisation de la sorcellerie. Tante Pearl avait déjà admis s'être faufilée par la porte de Lombard Wines. Est-il possible qu'elle, ou toute autre sorcière d'ailleurs, puisse jeter un sortilège pour neutraliser le scanner biométrique d'empreintes digitales ?

Pour cela, je devais bien comprendre les forces et les faiblesses de la serrure SecureTech, mais je ne pouvais pas le faire sans une vraie serrure. Je ne pouvais pas non plus jouer avec la serrure SecureTech d'Antonio et détruire des preuves. En plus, il me manquait le mode d'emploi, et nous n'étions pas plus près de découvrir d'autres suspects viables. Une pièce importante du puzzle nous échappait et nous manquions de temps.

Je pourrais acheter une autre serrure, mais cela prendrait du temps et de l'argent que nous n'avions pas. Si cela ne justifie pas l'usage de la sorcellerie, je ne sais pas ce qui la justifie.

Si je ne pouvais pas acheter une serrure, je devrais en manifester une.

Techniquement, je commettais une infraction à la WICCA parce que j'obtenais un objet de valeur gratuitement. Je détestais enfreindre les règles !

D'un autre côté, je savais pourquoi tante Pearl bafouait toujours les règles. Les règles étaient rigides et uniformes et n'avaient pas toujours de sens. Pour le moment, je n'avais pas d'autres options.

Je fermai les yeux et imaginai la serrure dans mon esprit alors que je murmurai le sortilège :

Un, deux, trois,
SecureTech soit là...

Boum !

Une boîte en carton avec un lettrage SecureTech apparut sous mes yeux. Une fraction de seconde plus tard, elle tomba sur la table avec un bruit sourd.

— Cen, tout vas bien là-bas ? cria Tyler

— C'était quoi ce bruit ?

— Euh... rien.

J'ai laissé tomber un livre. Je tirai la boîte vers moi et m'assurai qu'il ne vint pas regarder. Puis je l'ouvris et je sortis les instructions. Je mis en place le verrou avec ma propre empreinte digitale, puis j'essayai différentes façons de contourner le lecteur biométrique. Enfin, en théorie… N'étant ni serrurier ni douée pour la mécanique, j'ai improvisé, en espérant que la sorcellerie pas à pas permettrait de dévoiler le secret.

Mais je devais d'abord lire les instructions dans leur intégralité. Je ne pouvais pas me permettre de commettre une seule erreur.

La serrure à combinaison était simple. Le réglage d'usine était 1-2-3-4-5. Pour le changer, je dû insérer l'outil spécial de réinitialisation de la serrure fourni avec la serrure, puis poinçonner le code que je voulais. Je réinitialisai le code à 77 711 et le verrouillai. Ensuite, je retirai l'outil de réinitialisation et j'entrai le code. La serrure se déverrouilla.

Ça fonctionna.

Je devais maintenant mettre en place mon premier scan d'empreintes digitales. Alors que je m'apprêtais à commencer, j'eus une illumination. C'était tellement évident après coup, mais aucun de nous n'y avait pensé.

À ce moment-là, je tenais une serrure biométrique sans réglage biométrique. Et si la serrure d'Antonio n'avait jamais été correctement installée ? Il avait mentionné que le voyant vert ne fonctionnait pas. Si tel était le cas, cela élargissait le champ des suspects. Tout ce que le tueur avait à faire était de défier la serrure à combinaison, pas le scanner d'empreintes digitales.

Mes mains tremblèrent en lisant les instructions.

— Tyler, viens là ! Nous devons retourner à la cave.

CHAPITRE 23

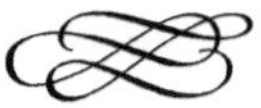

J'informai Tyler de mes conclusions alors que nous courions vers Lombard Wines. Antonio avait été averti de ne pas retourner dans sa propriété jusqu'à ce que Tyler lui dise que tout allait bien, alors Trina s'était arrangée pour qu'Antonio reste avec elle. Toujours sous les effets du sort de tante Pearl, il semblait heureux de se conformer.

— Antonio t'a donné la combinaison de serrure ? demandai-je.

Tyler hocha la tête.

— Je suppose que nous pouvons le tester tout en gardant la porte ouverte. Je préférerais que le technicien mène l'expérience, mais il n'y avait vraiment aucun risque. Si jamais on commet une erreur, le technicien pourra l'annuler plus tard. Nous enregistrerons tout au cas où.

— Si nous pouvions découvrir qui a fait ça… J'anticipai déjà. Nous trouverions de nouveaux suspects, Antonio éviterait la saisie et tout redeviendrait paix, joie et gâteau. Espérons que mon essai marche.

— Ne t'emballe pas, Cen. Je ne veux pas non plus croire qu'il l'a fait, mais c'est une supposition tirée par les cheveux.

Une supposition qui devait s'avérer juste dans les prochaines 24 heures. Sinon, Tyler serait contraint d'agir.

En tant que shérif, Tyler décidait si et quand le domaine de

Lombard Wines devait être libéré à son propriétaire légal. En d'autres termes, qui que ce soit qui se révèle être le propriétaire le lundi matin, si le domaine viticole est officiellement saisi. Techniquement, Antonio restait le propriétaire, qu'il y ait ou non un nouveau propriétaire légal à la suite de la saisie. Les expulsions et autres lois mettaient du temps à entrer en vigueur. Techniquement, Antonio restait l'occupant légal, que la saisie ait lieu ou non.

Nous nous arrêtâmes au portail de Lombard Wines et Tyler sauta de la Jeep pour déverrouiller le portail. Je fus bien consciente que nous cherchions des réponses à des questions qui n'avaient pas de sens. Je fus contente que Tyler soit ouvert à ma suggestion. Ce qui semblait être une affaire ouverte et fermée commençait à ressembler davantage à un cadrage d'Antonio. Les preuves contre lui étaient tout simplement trop parfaites.

Tyler gara la Jeep et se tourna vers moi.

— J'espère qu'on trouvera quelque chose ici, Cen. Je suis soumis à une pression énorme pour inculper Antonio. L'affaire relève de ma juridiction, pas de celle de Shady Creek, mais ils pensent qu'Antonio est le seul à pouvoir être mis en cause. Je suis sûre que si je fais fausse route avec ça, je perdrai mon travail.

Je ressentis le même malaise en suivant Tyler sur le parking. Il ferma le portail d'entrée et nous entrâmes dans le bâtiment. Malgré le soleil de fin d'après-midi qui entrait par les fenêtres, l'endroit avait quelque chose de sinistre. Je fermai la porte d'entrée derrière moi et la verrouillai.

Il faisait frais à l'intérieur du bâtiment, mais pas aussi froid qu'hier lorsque nous mettions le vin en bouteille. C'était seulement hier, n'est-ce pas ? Cela me semblait une éternité.

— Même si Antonio était le tueur, il ne l'aurait jamais fait au domaine et dans la cave de sa famille, dis-je.

— Il vénère cet endroit.

— Nous pensons de cette façon parce que nous le connaissons, Cen. Mais c'est basé sur l'émotion, pas sur les faits. Les jurés verront Antonio comme un homme désespéré avec des preuves accablantes contre lui. Ils arriveront à un verdict de culpabilité unanime parce qu'à l'heure actuelle, il n'y a aucun doute raisonnable qu'il ne l'a pas fait.

— Mais Antonio semble avoir abandonné la vie en général, dis-je.

— Il n'a ni la volonté ni même l'énergie de tuer qui que ce soit.

— Mais les jurés ne le sauront pas.

Tyler soupira et se dirigea vers l'escalier menant à la cave à vin. La porte de la cave était maintenue ouverte avec le tonneau de vin comme auparavant. Elle le resterait jusqu'à ce qu'elle puisse être reprogrammée par SecureTech, puisque personne d'autre qu'Antonio ne pourrait rouvrir la serrure.

Je déglutis, me souvenant de la prétention de tante Pearl d'un voyage secret à la cave à vin. Tout cela n'était-il qu'un mensonge, juste pour me contrarier ? Je ne mentionnerais pas la visite de tante Pearl — cela ne ferait que ternir le jugement. Si j'avais raison, mon expérience identifierait de nouveaux suspects et je m'en occuperais alors.

Je frissonnai en descendant les escaliers vers la cave à vin. L'air fut plus frais et plus humide que dans mes souvenirs.

— Quelqu'un ne devrait-il pas surveiller cet endroit ? demandai-je.

— La scène de crime est maintenant dégagée, déclara Tyler.

— L'équipe médico-légale a traité toutes les preuves. La serrure et tout le reste ont été dépoussiérés pour détecter les empreintes.

— Mais tu ne libères jamais les scènes de crime aussi rapidement. Est-ce que ça veut dire que tu es sûr de —.

— Je ne suis plus sûr de rien. Il soupira.

— Mais je suis convaincu que nous avons toutes les preuves que nous pouvons obtenir, et les retards compliquent les choses avec la saisie de la banque et tout le reste.

— Tu as le code d'Antonio, non ?

Tyler hocha la tête et me tendit son téléphone.

— Lance l'enregistrement maintenant.

Je levai le téléphone et je commençai à enregistrer pendant que Tyler retira un papier de sa poche et le montra à la caméra.

Je haletai. C'est une blague ? 1-2-3-4-5 est le réglage d'usine. Antonio n'a même jamais mis en place une nouvelle combinaison !

Tyler fronça les sourcils.

— Pourrait-il quand même avoir mis en place son empreinte digitale ?

— Non ! Pour cela, il aurait d'abord dû saisir un nouveau code, différent du code par défaut. Soit il l'a réinitialisé, soit il ne l'a jamais mis en place. Je ne comprends pas, je suis sûr qu'il m'a dit qu'il en avait configuré un. Et je l'ai vu taper son code et scanner son index. Tante Pearl l'a vu aussi.

— Comment peut-on réinitialiser le verrou ?

— Tu as besoin d'un outil spécial qui est livré avec la serrure, dis-je.

— Au moins pour changer la combinaison, tu le fais. Quant à l'analyse des empreintes digitales, Antonio a dit que le voyant vert ne s'allumait pas. Soit ce verrou n'a jamais été configuré pour son empreinte digitale en premier lieu, soit quelqu'un l'a réinitialisé au réglage d'usine.

— Prouvons-le.

Tyler entra à nouveau la combinaison, mais le pêne dormant resta en position verrouillée.

— Je me suis trompée, dis-je en soupirant.

— On a effectivement besoin d'une empreinte digitale.

Quelques secondes plus tard, le pêne dormant s'ouvrit, nous surprenant tous les deux.

— Serrure électronique à retardateur d'ouverture, dis-je. Antonio avait supposé que ce fût son empreinte digitale, mais ce n'était pas le cas. Qu'une empreinte digitale ait été configurée ou non, la serrure a une temporisation programmée. Cela laisse à l'utilisateur quelques secondes pour la saisie du numéro de combinaison et scanner son empreinte digitale. C'est un délai assez long, alors pas étonnant qu'Antonio ait pensé que son empreinte digitale était en train d'être scannée. L'absence de feu vert aurait indiqué que cela ne fonctionnait pas correctement.

Je cessai l'enregistrement et rendis son téléphone portable à Tyler.

— Excellent travail, Cen.

— La serrure est la clé.

— Très drôle. Tyler sourit.

— Cela n'exclut pas Antonio, mais cela ajoute plus de suspects à l'histoire.

— Ou, il y a une autre possibilité, j'espère que ce n'est pas le cas, car elle pointe toujours vers Antonio. J'ai beaucoup appris sur les serrures au cours de mes recherches.

— Et alors ? demanda Tyler.

— Connais-tu la différence entre une serrure à sécurité intégrée et une serrure antieffraction ?

— Aucune idée, dit Tyler.

— La serrure à sécurité intégrée se déverrouille lorsque le courant est coupé, tandis que la serrure antieffraction reste verrouillée lorsque le courant est coupé. Je ne sais pas quel est ce verrou, mais il est possible que si le courant était coupé, il puisse ouvrir le verrou.

— Qu'arrive-t-il au scan de l'empreinte digitale ?

Je haussai les épaules.

— Peut-être que ça s'efface. Les instructions ne mentionnent pas ce qui se passerait lors d'une panne de courant. C'est ce que j'essaie de découvrir. Je parlai du message que j'avais laissé à Secure-Lock.

Le tueur devrait également savoir que la serrure se désactive lorsque le courant est coupé, souligna Tyler.

— C'est une serrure très chère, Tyler. On pourrait penser que ça ne se désactiverait pas.

— C'est ce qui m'inquiète, déclara Tyler.

— La véritable question est de savoir qui aurait intérêt à ce que Richard et Antonio disparaissent de la scène en même temps.

CHAPITRE 24

Au moment où Tyler et moi sommes retournés à la fête du vin, elle était clôturée. Le parking était vide et les portes de la salle de sport verrouillées. Étonnamment, tante Pearl avait vraiment tout remballé avant l'expiration de la licence d'alcool.

Ou l'avait-elle fait ?

— Attends une seconde.

Je sautai de la Jeep et je courus vers la porte du gymnase, qui affichait un grand panneau blanc. La note rédigée au marqueur noir dirigeait tous les participants au festival du vin vers le seul autre endroit de la ville disposant d'une licence de vente d'alcool : le Witching Post Bar and Grill, qui appartient à ma famille. J'étais presque sûre que cette redirection ne faisait pas partie des instructions de Tyler.

Tante Pearl avait simplement déplacé le festival dans notre bar parce qu'il avait une licence d'alcool. Tante Pearl étant tante Pearl, elle avait exploité la situation pour son propre bénéfice.

* * *

Dix minutes plus tard, nous sommes arrivés au Witching Post, avec un parking archiplein et des voix bruyantes et ivres qui s'échappaient du bar. Nous entrâmes et l'endroit était plein à craquer. Carolyn Conroe, l'alter ego de tante Pearl ressemblant à Marilyn Monroe, nous fit signe de la scène improvisée qui s'était matérialisée dans un coin du bar. Elle avait certainement été conjurée, mais comparée aux techniques pyrotechniques exagérées habituelles de tante Pearl et à d'autres choses destinées à attirer l'attention, c'était cette fois-ci purement utile.

Sa sorcellerie semblait un peu décalée, mais encore une fois, elle avait jonglé avec les ventes de vin, les jugements de concours et les affectations secrètes de la police pendant la majeure partie de la journée. Il y avait beaucoup à faire, même pour elle.

Nous restâmes à la porte. Nous avions raté beaucoup de choses, selon le grand panneau affiché au-dessus de l'étape qui déclarait les gagnants dans chaque catégorie.

L'heure de sorcellerie, le merlot rouge de maman, avait remporté la catégorie meilleur nouveau vin, la dernière catégorie qui avait été jugée avant l'expiration de la licence d'alcool de la fête. Il ne restait plus qu'une catégorie à juger et c'était la plus grande : Vin de l'année. Mes espoirs de voir le jugement se dérouler rapidement se sont vite envolés. Entre-temps, la dégustation et l'évaluation des vins s'étaient transformées en un jeu à boire.

Je soupçonnais que la plupart des gens étaient ici pour voir si Désirée avait gagné ou perdu le vin de l'année, maintenant que son petit ami Richard ne jugeait plus.

Si elle perdait, il y aurait forcément des ennuis d'une manière ou d'une autre. C'était une chose de pousser Désirée de la première place dans la catégorie du meilleur nouveau vin ; mais perdre le premier prix du vin de l'année en était une autre. Il était certain qu'elle ferait une crise de colère si elle perdait. Les choses s'annonçaient beaucoup plus controversées que les fêtes du vin précédentes. La seule bonne chose était que personne ne semblait se soucier de l'absence de Richard. En fait, tout le monde semblait s'amuser. Sous le format de tante Pearl, le concours était définitivement plus excitant et amusant.

Le podium était trop petit pour contenir confortablement les trois juges et Carolyn Conroe. Ils s'assirent sur des tabourets de bar au lieu de chaises, se penchant l'un contre l'autre alors qu'ils trinquaient en état d'ivresse. Ils renversèrent du vin, cassèrent des verres de vin et s'approchèrent dangereusement du podium comme des dominos. Maintenant, par nécessité, les juges réutilisèrent leurs verres à vin au lieu de les remplacer après chaque échantillon de vin.

— Tout le monde finit son verre ! hurla Carolyn Conroe dans le microphone. Elle portait une robe de soirée rouge à paillettes scintillantes, du même tissu que le survêtement de tante Pearl. Nous sommes sur le point d'élire le vin de l'année, le grand vainqueur de la fête du vin de Westwick Corners.

— Ohlalala, mon Dieu, merci !

Je me tournai vers Tyler.

— Je me demande qui sera élu ?

— On s'en moque, pourvu que ce soit quelqu'un, dit-il.

En ce qui me concerne, cela ne pouvait pas arriver assez vite.

Soudain, Désirée bondit de sa chaise. Elle courut sur le podium, se précipita vers le micro et écrasa Carolyn au passage.

— Tu ne peux pas faire ça ! Il ne s'agit pas d'un événement officiellement autorisé !

— Oh, oh. Mon pouls s'accélérait. Tante Pearl — ou plutôt Carolyn — n'accepterait jamais un tel défi.

— Elle ne va pas...

Tyler resta bouche bée.

Carolyn Conroe tituba sur ses pieds et fit passer les jambes de Désirée sous les siennes. Désirée tomba par terre sur le podium et se recroquevilla en position fœtale défensive.

Carolyn prit une grande inspiration et fit un grand geste de la main.

Elle venait de figer tout le monde dans le bar. Disons, tous ceux qui n'étaient pas sorciers. Même Tyler était immobile à côté de moi.

Maman sorti en courant de derrière le bar.

— Qu'est-ce qui se passe ?

— Maman, elle a figé tout le monde avec son sortilège de gel, criai-je.

— Arrête, tante Pearl !

— Pearl, tu ne peux pas traiter les gens de cette façon. Maman avait l'air irrité.

— Annule-le pour que nous puissions terminer le jugement. Et sors de cette caricature ridicule de Carolyn. Tu embrouilles tout le monde.

— Ne me dis pas ce que je dois faire, Ruby ! Cette femme m'a attaquée. C'était de la légitime défense.

Entre-temps Carolyn était redevenue tante Pearl.

Je jetai un coup d'œil au podium où Désirée était recroquevillée devant les trois juges. — Tu n'avais pas besoin de faire appel à une telle force.

— Personne ne s'est précipité à mon secours dans cette ville sans foi ni loi.

Le sourire jaune et doux de tante Pearl osa me défier.

Je suivis son regard vers Tyler, qui restait immobile près de la porte.

— Comment pourrait-il t'aider ? Tu l'as figée, et il est inconscient.

— Arrête de chipoter, Cendrine !

Je soupirai désespérée. Cette interminable joute verbale ne menait à rien. Je pris une profonde inspiration et récitai le sortilège d'inversion :

LE FUTUR, *adieu*
Le nouveau redevient vieux
Viens, viens le présent
Retourne à la raison.

UNE FOIS que j'inversai le sortilège de ma tante, j'en ajoutai un nouveau – un sortilège de gel qui ne s'adressait qu'à elle cette fois.

— Que diable — ?

Les mains de Tante Pearl tremblaient alors qu'elle essayait de bouger. Paniquée, elle scruta la pièce et me dévisagea.

— Cendrine, annule immédiatement ce sortilège !

Ce ne fut pas mon meilleur sortilège et il fut plutôt bâclé, car tante Pearl arrivait encore à bouger un peu la tête. La sorcellerie rapide était plutôt catastrophique.

— Cen ? réclama maman.

J'annulai rapidement le sortilège. Ça n'avait duré qu'une seconde ou deux, mais cela avait donné à tante Pearl un avant-goût de sa propre médecine.

Je retournai aux côtés de Tyler juste à temps. Un murmure bruyant traversa le bar alors que tout le monde revenait à la vie.

Tyler toussa.

— J'ai juste eu la sensation la plus étrange… c'était comme si j'avais été endormie debout ou un truc comme ça. Tu l'as ressenti, Cen ?

— Hein ? Ouais, genre…

J'étais toujours préoccupée, observant tante Pearl reprendre sa place sur le podium. Je devais d'une manière ou d'une autre la contrôler, elle et sa magie, pour que ce concours puisse se terminer.

Pendant ce temps, Désirée était toujours sur scène. Elle se leva lentement et attrapa à nouveau tante Pearl par le bras. Encore une fois, elle essaya de la tirer du podium.

— Hé, tu n'es pas juge !

— Je ne prétends pas l'être.

Les pieds de tante Pearl restèrent fermement plantés cette fois.

— J'interviens simplement pour maintenir l'ordre.

— Non, pas du tout ! Vous créez le chaos.

Désirée tapa du pied de frustration. Elle se retourna et nous remarqua pour la première fois.

— Shérif, arrêtez cette femme pour agression !

Tyler me regarda et soupira.

— Donne-moi un coup de main !

Je hochai la tête, craignant que tante Pearl ne soit sur le point de déchaîner une nouvelle vague de sortilèges qui ne ferait que s'intensifier, d'autant qu'elle devenait de plus en plus fâchée. Je la dirigeai sur le côté du podium tandis que Tyler escortait Désirée vers sa table à quelques mètres de là.

Désirée avait l'intention de gagner, et tante Pearl semblait déterminée à faire en sorte que cela ne se produise pas.

CHAPITRE 25

À ce moment-là, Carol et Reggie furent trop ivres pour continuer à juger, alors nous étions retournés au point de départ avec un juge au lieu de trois. Seule différence, ce juge était maintenant Earl. Personne ne s'était plaint, du moins pas encore.

Désirée s'assit à sa table, tapotant impatiemment ses doigts. Elle semblait prête à prendre d'assaut le podium pour remporter le titre de vin de l'année dès l'annonce de la première place.

Maman s'approcha de la table de Désirée et posa le dernier verre contenant un échantillon du vin gagnant de l'année dernière. Le verre de Désirée avait pris du retard à cause de sa dispute avec Carolyn, l'alter ego de tante Pearl.

Quoi qu'ait dit maman, cela semblait avoir calmé Désirée. Elle leva son verre, prit une gorgée, suivie d'une deuxième. Elle se pencha en arrière sur la chaise et sourit.

Tante Pearl s'approcha du microphone et y souffla fort.

— Êtes-vous prêts ?

La foule applaudit et cria. Ça devenait de plus en plus fou.

— E-e-e-e-t nous avons un gagnant !

Elle tira les mots comme si elle était sur le point de couronner le prochain champion de boxe WBA au lieu d'un vigneron victorieux.

— Earl, fais les honneurs, s'il te plaît.

Nous avions tous des sièges au bord du ring pour ce qui allait être le combat du siècle de la fête du vin de Westwick Corners. La tension était forte alors que tout le monde retenait son souffle en attendant que le juge Earl annonce le gagnant.

Mais c'est Désirée qui prit la parole en premier :

Elle se leva et tapota son verre à vin.

— Mmmmm… il est bon. Non, il est bien mieux que ça. Il est exquis, clairement le gagnant. Les notes subtiles de cerise et de chocolat, vieillies dans des fûts de chêne antique spéciaux. Mmmm… je reconnaîtrais mon vin n'importe où.

— Voyons voir…

Earl tapota son crayon contre sa lèvre alors qu'il discutait silencieusement du score dans chaque catégorie. Il le fit tomber de ses doigts et il claqua sur le podium. Il se pencha pour le ramasser mais perdit l'équilibre. Il se redressa et se frotta le front.

— Je ne peux pas supporter cela plus longtemps, Pearl.

— Du coup, je ne me sens pas très bien.

— Tu ne peux pas t'arrêter maintenant, Earl, protesta Pearl. Tu as un concours à juger.

— Je me sens malade—

Tante Pearl leva la paume de sa main.

— Je ne veux rien entendre de tout ça. Pourquoi as-tu bu le vin ? Tu étais censé le faire tournoyer dans ta bouche, puis le recracher. Elle désigna un grand bol qui s'était soudain matérialisé sur la table devant lui.

— Tu ne m'as jamais dit ça. Pourquoi n'as-tu rien dit ? Tu sais que je ne bois pas d'alcool.

— Tout le monde sait comment on fait, Earl. Je pensais que cela allait de soi.

Tante Pearl était égocentrique et irréfléchie, mais elle n'avait jamais été intentionnellement méchante. Surtout pas avec Earl. Elle n'aimait pas les démonstrations publiques d'affection, mais son cœur lui appartenait fermement. Pourtant, elle avait déraisonnablement exigé que lui, un non-buveur, consomme de grandes quantités de vin. Elle savait qu'il ne pouvait pas le lui refuser.

C'était à la limite de la cruauté, et je pensais honnêtement qu'elle avait perdu la tête. Ou, si ce n'est son esprit, au moins ses talents de sorcière et son bon sens. Au mieux, il finirait par vomir son cerveau et s'évanouir. Au pire, il risquait une intoxication alcoolique.

Earl se moqua de tante Pearl. Que ce soit du sarcasme ou de la loyauté, je ne pouvais pas le dire, mais il prit le verre de vin restant et le porta à ses lèvres. Il fit tourbillonner le liquide dans sa bouche et hocha lentement la tête avant d'avaler. — Oui, Mossieur. Celui-ci est le meilleur.

CHAPITRE 26

*E*arl tendit le papier à tante Pearl.

Elle prit une profonde inspiration.

— Le gagnant est… Ruby West de la Witching Post avec son merlot rouge l'heure de sorcellerie. Viens ici, Ruby, et accepte ton prix.

— Ce n'est pas possible, cria Désirée.

— Tu ne peux pas accorder le premier prix à ta sœur, Pearl !

— Je n'ai rien fait de tel, déclara tante Pearl.

— Nous avions un panel de juges indépendants.

Maman monta sur le podium.

— Je pense qu'il y a eu une sorte d'erreur. Je n'aurais pas pu gagner à nouveau.

Gagner le meilleur nouveau vin était une chose parce qu'elle avait éliminé le mélange de vin artificiel de Désirée de la première place. Mais le vin de l'année était beaucoup plus compétitif avec plusieurs prétendants méritants. Parmi eux se trouvait le vin d'Antonio.

Tante Pearl attrapa le sachet en papier kraft sous la chaise d'Earl. Un goulot de bouteille dépassa du sachet. Elle sortit la bouteille et dévoila l'étiquette que j'avais péniblement créée et que Désirée avait tant massacrée.

— Pas d'erreur, dit tante Pearl en se tournant vers Désirée.

— Le merlot rouge de Ruby, l'heure de sorcellerie, est absolument exquis. Si j'étais toi, Désirée, je retournerais à ta table maintenant.

Désirée voulait répliquer, mais en voyant maman sur la scène, elle changea d'avis. Elle se retourna et descendit du podium et se retira à sa table.

Tante Pearl tendit le micro à maman.

— Parole à la gagnante.

Maman avait-elle gagné juste et carré, ou avait-elle eu l'aide des sortilèges d'amélioration du vin de tante Pearl ? Son vin était bon, mais était-il vraiment meilleur que le vin de Désirée, qui ne lésine pas sur les moyens pour l'améliorer, ou que la syrah d'Antonio ?

Si tante Pearl avait vraiment amélioré le merlot rouge de maman, l'heure de sorcellerie, alors Désirée avait raison. Il y avait eu une erreur. Je n'avais aucune idée de si oui ou non mon sortilège avait été assez fort pour annuler les effets du sortilège d'amélioration de tante Pearl.

Peut-être que cela avait même eu l'effet inverse. Parfois, l'annulation d'un sortilège renforce le sortilège d'origine. Je n'avais pas trop d'expérience et je n'avais lancé ce sortilège que quelques fois, donc je n'étais pas encore tout à fait confiante quant à mes capacités. Et si j'avais accidentellement amélioré le vin de maman ? Cela équivalait également à de la tricherie, même si ça avait été fait involontairement.

PEUT-ÊTRE que je ne le saurais jamais ! En tout cas, maman était suffisamment compétente en sorcellerie pour détecter les manigances de tante Pearl, ou les miennes, d'ailleurs. Si tante Pearl avait vraiment été impliquée, elle en aurait certainement tiré profit, mais ce n'était pas le cas.

Maman rayonna alors qu'elle s'adressait au public dans la salle.

— Je n'arrive pas à croire que j'aie gagné ! Mais surtout, je suis contente qu'on aime mon vin. Cette victoire n'est pas seulement la mienne… j'ai un co-gagnant. Antonio Lombard et moi avons fait le vin ensemble.

Antonio et Trina se trouvaient à quelques tables de là où nous étions. Trina était allée le prendre à Shady Creek après que la police locale l'eut relâché sans qu'aucune charge ne soit retenue contre lui.

Antonio sourit et fit signe à maman.

— Viens là, Antonio !

Tante Pearl, sorcière ad hoc qu'elle était, avait soudainement un deuxième trophée à la main.

— Viens accepter ton prix !

Antonio se leva et se dirigea vers le podium.

— Non, tu ne feras pas ça !

Désirée désigna Tyler avec un doigt tendu.

— Shérif, vous n'allez pas arrêter cet homme ?

Un grand murmure traversa la foule. Malgré la longue journée, le meurtre de Richard n'avait pas encore atteint le moulin à ragots. Valérie était restée à la maison et n'avait probablement parlé à personne. Ni Antonio ni Trina. Désirée et tante Pearl n'avaient rien dit non plus à ce sujet.

Tyler se racla la gorge.

— C'est une enquête active, Désirée. Mais nous sommes sur le point de faire une arrestation.

Antonio venait juste d'arriver sur le podium. Il regarda avec incertitude tante Pearl, qui poussa le trophée dans sa main tendue. Pour les clients du bar, cela ressemblait à du trac. Antonio pourrait bien être au centre et sur le point d'être accusé de meurtre devant toute la ville.

Tyler se dirigea vers la scène, attrapa le microphone et appela l'attention de tout le monde.

Antonio retomba sur son siège, Désirée le suivit, et Earl et maman se tinrent silencieusement près de la scène.

Tante Pearl venait de descendre du podium lorsque la porte du bar s'ouvrit.

Le clair de lune se déversait dans le poste de sorcellerie alors qu'une silhouette sombre assombrissait la porte.

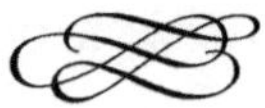

CHAPITRE 27

José Lombard entra et s'arrêta momentanément comme s'il cherchait quelqu'un. Il scanna la salle avant de se poser sur Antonio et Trina assis à leur table. Il courra jusqu'à leur table, renversant presque maman et son plateau à boissons alors qu'il passa derrière elle.

— Tu as atteint la limite, Antonio.

Antonio se raidit.

Trina s'éloigna de sa chaise et intercepta José avant qu'il ne puisse atteindre la table où Antonio était assis.

— José, je ne pense pas que tu devrais parler à Antonio maintenant.

José resta bouche bée à la vue de son frère. Il se tourna vers l'estrade sur laquelle se tenait Tyler en train de hurler.

— Shérif ! Vous laissez un meurtrier en liberté ?

Ne crée pas de scandale, dit Tyler doucement.

— Qu'est-ce qui se passe, Shérif ? demanda un homme âgé dans la foule.

— De quoi parle-t-il ? cria Lacey Ratcliffe.

Tout le monde commença à parler en même temps. Bientôt, il y eut un tel bruit que même une voix sur le microphone était difficile à entendre.

Tyler leva le micro.

— Tout le monde se calme et retourne à son siège. José, recule. Assois-toi au bar.

José resta debout, les mains sur les hanches.

— Tu veux que je recule ? Tu veux que je ne remue pas les choses après que mon frère a tué quelqu'un ? Et je pourrais ajouter, après qu'il a ruiné notre domaine. Tu penses qu'on peut passer aux choses quotidiennes ?

Tyler leva la main en direction de José. Il se tourna ensuite pour faire à nouveau face à la foule.

— J'ai le regret d'annoncer que Richard Harcourt est décédé. Sa mort est un homicide.

Un cri collectif jaillit de la foule.

Tyler continua.

— Le corps de Richard a été découvert ce matin. Il était ciblé et il connaissait son tueur. Personne d'autre n'est en danger.

— C'est pour ça qu'il n'était pas au festival du vin ? demanda une femme.

— Oui, dit Tyler.

— Je veux que vous sachiez qu'une enquête active est en cours et que je suis sur le point d'annoncer une arrestation.

— Il était temps, shérif, cria Désirée.

— Mon pauvre Richard, parti !

Elle s'effondra sur son siège et sanglota de façon incontrôlable.

Personne ne se précipita pour la consoler.

José avait ignoré les instructions de Tyler et était resté près de la table d'Antonio et Trina. Il regarda son frère avec mépris.

— Il n'est pas trop tard pour vendre, Antonio. Autant le faire avant d'être enfermé. Investis cet argent dans un bon avocat de la défense.

Il laissa tomber une enveloppe sur la table devant Antonio.

Trina ouvrit l'enveloppe et scanna le contenu. Puis elle repoussa les papiers à travers la table et leva les yeux vers José.

— Il ne vend pas.

— Reste en dehors de ça, Trina ! Cela ne te regarde pas !

Trina se leva.

— C'est tout à fait mon affaire, José. Je suis tout aussi investi dans Lombard Wines que vous l'êtes tous les deux. Tu te souviens de l'argent que j'ai prêté au domaine l'année dernière pour qu'il puisse rester en activité ? Eh bien, je n'ai reçu aucun paiement depuis des mois.

José fronça les sourcils.

— Je pensais qu'Antonio avait payé.

Trina secoua la tête.

— Non José. Il n'a pas pu le rembourser parce qu'il ne restait plus d'argent après avoir acheté ta Cadillac de luxe sur le compte de l'entreprise et épuisé ta carte de crédit.

José haussa les épaules.

— Tu seras remboursée jusqu'au dernier centime si la banque saisit, Trina. Tu ne peux pas convaincre Antonio d'être raisonnable ?

— Pas la peine, dit Trina.

— La banque n'est pas la seule à détenir un privilège sur le domaine. Mon prêt sécurisé est également hypothéqué avec le domaine viticole comme garantie.

— Et alors ? La banque l'obtient en premier.

— Pas si je donne de l'argent à Antonio pour mettre à jour les paiements hypothécaires. Alors la banque ne peut pas saisir. Moi, par contre, je peux tout geler. Je vais te proposer un petit marché, José. Tu vends ta part du domaine à Antonio dans les mêmes conditions que l'offre de Désirée, et tu peux partir où tu veux.

La bouche de José s'ouvrit.

— Mais le domaine vaut tellement plus— dit Trina en finissant sa phrase.

— Le domaine vaut tellement plus que ton offre à Antonio ? Est-ce que c'est ça que tu veux dire ? Tu avais accepté ce prix avant.

— Je-je ne sais pas…, bredouilla José.

Trina déchira les papiers en deux et les laissa tomber sur la table.

— C'est à prendre ou à laisser. Tu sais pertinemment qu'Antonio n'acceptera jamais de vendre à Désirée. Mon offre expire dans une minute.

— Très bien. J'accepte, cria José.

— J'ai hâte de quitter cet endroit.

Tyler descendit du podium se dirigea vers les deux frères.

— Pas si vite, nous avons des affaires inachevées à régler.

CHAPITRE 28

osé secoua la tête.

> — J'en ai fini pour ce soir. Je t'appellerai demain, shérif.

— Pas question », déclara Tyler. Il se posa directement devant José, bloquant sa sortie. — Tout le monde est d'accord si on règle ça maintenant ?

La foule murmura son assentiment, puis la salle devint complètement silencieuse.

Tyler se racla la gorge.

— C'est déjà assez grave que tu aies roulé Richard Harcourt mais maintenant que tu piège ton frère ? C'est carrément méprisable, José.

— Je ne suis impliqué dans rien de tout cela. Je n'étais même pas en ville, protesta José. Il sortit une épaisse liasse de papiers de la poche de sa chemise et la secoua en l'air.

— J'étais à l'extérieur de Sacramento, livrant toutes ces commandes de vin quand Trina m'a appelé et m'a dit que Richard avait été retrouvé mort.

— As-tu réellement effectué l'une des livraisons ? demanda Tyler.

José secoua la tête.

— Non, parce que Trina m'a appelé et m'a demandé de revenir tout de suite.

— Une personne habituée aurait livré le vin après avoir conduit combien – 15 heures ? Tu y étais déjà. Au lieu de cela, tu es rentré à la maison?

— J'étais sous le choc, shérif. Ce n'est pas tous les jours que tu découvres que ton frère a poignardé quelqu'un.

— Je n'ai jamais révélé à personne la cause du décès, José. Comment as-tu su que Richard avait été poignardé ?

José eut un rire nerveux.

— Trina me l'a dit quand elle a appelé.

Trina fit un grand geste de la main.

— Non, je n'ai rien dit. Personne ne m'a raconté comment il était mort. Je n'ai jamais vu le corps de Richard non plus.

— Je-je ne sais pas…, bredouilla José.

— Je suppose que je l'ai en quelque sorte visualisé. Je savais que c'était arrivé dans la cave à vin et Antonio n'a pas d'arme…

— Une chose qui me semble curieuse, José, dit Tyler.

— Même si tu étais à Sacramento ce matin comme tu prétends, compte tenu de l'heure à laquelle Trina a appelé, tu n'aurais pas pu faire le retour en si peu de temps pour être ici maintenant. La raison pour laquelle tu es ici, c'est parce que tu n'es jamais parti pour la Californie. Tu n'as même jamais quitté l'État de Washington, n'est-ce pas ? En fait, tu n'as même jamais quitté la région.

— Bien-sûr que si ! J'ai chargé le vin hier après-midi juste après que Richard et moi ayons rencontré Antonio. J'étais sur l'autoroute dans l'heure.

José sortit un reçu de carte de crédit de la poche de son jean et le tendit à Tyler.

— Voici une preuve — un reçu de la station-service de Bend, Oregon.

Tyler étudia le reçu.

— Oh, tu as raison... Je vois que tu étais en Oregon et que tu as pris de l'essence juste avant minuit vendredi soir. Ce reçu le prouve. Sacramento est encore à huit ou neuf heures. C'est logique. Je me trompe.

Le visage de José s'éclaircit de satisfaction.

— Tout à fait. Trina m'a appelé vers 10 heures du matin, je pense.

— C'est à ce moment-là que tu as fait demi-tour pour revenir ici ? demanda Tyler.

José fit oui de la tête.

— José, c'est à quinze heures de route de Sacramento d'ici. T'as eu des ailes ?

— Je j'admets que j'allais trop vite, shérif. J'étais dans un état de choc !

— 10 h, 11, 12… Tyler compta les heures sur ses doigts.

— Si tu es vraiment parti à 10 heures, je ne t'aurait pas attendu ici avant environ 1 heure du matin. Tu as dû aller assez vite pour réduire de quatre ou cinq heures le temps de voyage habituel. Ta chronologie n'a pas de sens.

— Euh… eh bien, en fait, j'étais un peu au nord de Sacramento. Désolé de ne pas être plus précis. Je suis épuisé par la conduite sans aucune pause.

José s'assit et regarda vers la porte.

— On pourra discuter demain ?

— Je pense que nous devrions en parler maintenant, déclara Tyler.

— J'ai reçu tes transactions par carte de crédit du Shady Creek Inn hier soir. Tu as été dans deux endroits à la fois ?

— Bien sûr que non. Ce doit être un autre José Lombard, un cas d'identité erronée.

Tyler secoua la tête.

— La surveillance de l'hôtel te montre en train de quitter l'hôtel vers 3 heures ce matin, vêtu de vêtements sombres et portant un sac de sport. Tu es monté dans un pick-up blanc, qui ressemble terriblement à celui d'Antonio, pourrais-je ajouter, et tu es sorti du parking.

— Je ne possède pas de pick-up blanc. Je te l'ai dit, c'est quelqu'un d'autre. Les mots de José arrivèrent par brèves rafales, comme s'il essayait de reprendre son souffle.

— Non, c'est définitivement toi.

La voix de Tyler était calme et mesurée.

— Tu n'es retourné à l'hôtel qu'après 9 heures, mais à ce moment-là, ton visage est clairement reconnaissable sur la caméra de sécurité. Et tu es revenu vêtu de vêtements différents et sans le sac de sport avec lequel tu étais parti. Les vêtements que tu portais étaient propres, sans sang ni preuve de la scène du meurtre. Où as-tu jeté tes vêtements pleins de sang, José ?

— Pardon ? Je ne l'ai pas fait — il doit y avoir une erreur.

Il secoua la tête, mais son visage brillait de sueur.

— Pas d'erreur, José. Le directeur de l'hôtel t'a reconnu. Il a dit que tu étais un habitué. Il a aussi dit que cette fois tu ne conduisais pas ta Cadillac. Il t'a vu te garer dans une camionnette cubique — ta camionnette de livraison, je suppose. Nous le confirmerons sur la vidéo de surveillance. Le directeur a dit qu'il t'avait vu partir dans un pick-up blanc plus tard, de la même marque et du même modèle que celui d'Antonio. Le lieu de location de camions a également confirmé que quelqu'un utilisant ton permis de conduire a loué un pick-up vendredi et l'a ramené cet après-midi. Je pense que tu essayais de te faire passer pour ton frère.

— C'est ridicule ! Pourquoi devrais-je faire cela ?

José lui jeta un regard.

— Pourquoi louer un pick-up alors que tu avais déjà la camionnette cubique et ta Cadillac à ta disposition ? Mais peut-être que tu as voulu te promener dans la région sans être reconnu. À moins que tu ne veuilles déposer des preuves incriminantes contre ton frère.

José rougit.

— C'est un mensonge ! Antonio a tué Richard et vous le savez. Antonio a même menacé Richard vendredi. Juste devant moi et d'autres témoins, shérif. Interrogez Cendrine, Pearl ou Trina. Tout le monde a entendu Antonio dire qu'il allait tuer Richard.

— Un choix de mots malheureux, déclara Tyler.

— Mais les menaces d'Antonio dans le feu d'une dispute ne prouvent pas le meurtre. Pour tes actions à toi, j'ai besoin d'une explication.

— Je ne réponds pas à ces accusations sans fondement.

— Vous avez des preuves ?

Tyler fit quelques pas de plus, bloquant la sortie de José.

— J'ai beaucoup de preuves.

Le visage de José pâlit.

— Peut-être que je devrais appeler un avocat.

— Pas une mauvaise idée.

Les muscles de la mâchoire de Tyler se tendirent.

Alors qu'Antonio écoutait l'accusation de José, ses yeux s'écarquillèrent.

— M'as-tu déjà vu violent ?

Trina serra le bras d'Antonio et se rapprocha de lui.

— Tu es l'homme le plus gentil que je connaisse. Tu ne ferais pas de mal à une mouche.

José jura à bout de souffle.

— Pourquoi je tuerais Richard ? Je travaillais avec Richard, essayant de raisonner Antonio pour vendre notre cave qui perdait de l'argent. J'aidais Richard à éviter une saisie désordonnée tout en obtenant un prix équitable pour notre cave.

— Menteur, dit Antonio.

— Tu voulais vendre à Désirée, notre concurrente. Maintenant, tout est clair pour moi. Maman et papa seraient tellement déçus de toi. Vendre à quelqu'un qui embouteille des mélanges de vins bon marché et les fait passer pour des vins de domaine. Puis tuer quelqu'un et l'épingler sur moi ? C'est vraiment minable ça !

— C'est impossible pour moi d'avoir tué Richard, protesta José.

— La cave à vin a une serrure biométrique. Seule l'empreinte digitale d'Antonio peut la déverrouiller.

— C'est ce qui m'inquiète, déclara Tyler.

— Il est vrai qu'il est très difficile, voire impossible, de tromper un scanner d'empreintes digitales. Les empreintes digitales sont uniques — les chances sont de 1 sur 64 milliards pour deux personnes d'avoir des empreintes digitales identiques. C'est donc extrêmement improbable, d'autant plus qu'il n'y a que 8 milliards de personnes dans le monde. Même si toi et Antonio vous êtes frères, vos empreintes digitales seront différentes l'une de l'autre. Il est difficile de falsifier une empreinte digitale. Outre les rainures d'empreintes digitales visibles à l'œil nu, il existe d'autres crêtes et dépressions qui ne sont visibles qu'au microscope. Les fabricants ont pris tout cela en compte dans la sécurité de leur conception.

— Alors pourquoi tout cela ?

José jeta les mains en l'air par désespoir.

Le visage de Tyler était sans émotion.

— Parce qu'il y a une autre façon de contourner le scanner biométrique. Une personne disposant d'un accès administratif peut désactiver complètement le scanner en le réinitialisant au paramètre d'usine par défaut.

José fronça les sourcils.

— Comment ferais-je ça ? Je ne connais strictement rien à propos de cette serrure de sécurité. Je ne l'ai jamais touchée. Antonio ne m'a même pas consulté avant de l'installer, même si cela nous a coûté une petite fortune.

— Tout ce que vous devez savoir se trouve ici. Je tendais le mode d'emploi SecureTech, celui qui accompagnait ma serrure à manifestation magique, exactement le même modèle que celui de la cave des vins Lombard.

— Hé, tu as trouvé mon manuel d'instructions, s'écria Antonio. Où était-il ?

— Ce n'est pas vraiment important pour le moment, Antonio, dis-je.

Tyler se tourna vers José. Antonio n'a pas égaré le mode d'emploi SecureTech. Tu as trouvé le mode d'emploi à la maison sur la table de la cuisine et tu l'as lu. Tu as étudié l'assemblage. Antonio avait laissé le mode d'emploi ouvert sur la table pour que tu puisses le lire afin que tu comprennes comment la serrure fonctionne et comment configurer ton propre code et ton empreinte digitale. Puis tu as vu qu'Antonio avait noté son code de sécurité dans le mode d'emploi. C'est alors que tu as réalisé que tu pourrais piéger Antonio pour le meurtre de Richard. Le corps de Richard dans la cave à vin était un cas clair comme l'eau de roche, car personne d'autre qu'Antonio ne pouvait déverrouiller la porte de la cave à vin. Du moins, c'est ce que tu as voulu faire croire à tout le monde. C'est pourquoi tu as refusé d'obtenir ton propre code et que tu ne voulais pas que Trina en ait un non plus. Il ne devait y avoir qu'une seule personne ayant accès à la cave à vin verrouillée : ton frère, Antonio.

— C'est un mensonge ! José croisa les bras.

— Tu as attendu un jour où Antonio était distrait par quelque chose à l'extérieur et que la cave à vin était restée ouverte. C'est à ce moment-là que t'as suivi les instructions du manuel pour réinitialiser le lecteur d'empreintes digitales biométrique sur la porte au réglage d'usine par défaut, qui n'est en fait pas d'empreinte digitale du tout.

— Selon le manuel du propriétaire, tout ce dont tu avais besoin était que l'utilisateur administratif, Antonio, ouvre la porte pour commencer le processus. Une fois ouvert, tu as entré son code de sécurité pour désactiver l'option de numérisation des empreintes digitales. Une fois le lecteur d'empreintes digitales désactivé, il suffit d'utiliser le code de sécurité à cinq chiffres pour déverrouiller la porte. La fonction de sécurité biométrique n'était plus en place. Elle ne pouvait pas être activée tant que l'utilisateur n'avait pas inséré l'outil spécial puis enregistré et stocké à nouveau son empreinte digitale.

— Pour autant qu'Antonio le sache, la serrure fonctionnait normalement. Il entrait son code de sécurité, puis scannait son empreinte digitale sur le lecteur. Il ne savait pas que tu avais désactivé le lecteur d'empreintes digitales, alors il a continué à scanner son empreinte digitale après avoir entré son code à cinq chiffres. Il se plaignait que la lumière ne clignotait plus en vert lorsqu'il scannait son doigt. Il a alors supposé que l'ampoule fût grillée. Mais la vraie raison pour laquelle la lumière ne clignotait pas était que le lecteur d'empreintes digitales biométrique avait été désactivé.

— Alors pourquoi ai-je vu Antonio quitter la fête du vin ce matin juste après Richard ? demanda tante Pearl.

— Il le suivait de si près qu'il le talonnait pratiquement.

— Tu as vu Richard partir dans sa décapotable, oui, mais pas

Antonio qui le suivait. Au lieu de cela, tu as vu José conduire un pick-up qui ressemblait à celui d'Antonio. José portait une veste volumineuse pour ressembler à son frère aîné plus trapu. Il était facile de confondre un frère avec un autre à l'intérieur d'une cabine de pick-up.

Tante Pearl secoua la tête.

— Tu penses que je ne peux pas distinguer ces deux-là ? Je ne perds pas encore la tête, shérif.

— Je sais, Pearl. Bien qu'une caméra de surveillance à proximité ait confirmé que ta chronologie était un peu décalée. C'est compréhensible étant donné que tu étais multitâche et débordée.

Tyler haussa les sourcils.

— Selon le gardien de l'école, lorsqu'il a ouvert le gymnase de l'école peu avant 7 heures du matin, Richard et Désirée étaient déjà sur le parking. Ils étaient assis dans la Corvette de Richard, attendant qu'on les laisse entrer.

— Il a déverrouillé la porte du gymnase, et Richard et Désirée ont commencé à décharger le vin de la Corvette de Richard et à le porter dans le gymnase.

— Peu de temps après, José arriva, venant de la direction de Shady Creek. Tous les trois parlèrent pendant quelques minutes, puis sortirent du parking dans deux véhicules : Richard et Désirée dans la Corvette de Richard, et José dans son pick-up de location. Ils se dirigèrent vers Lombard Wines. La Corvette de Richard et le pick-up de José ont été capturés par la caméra de sécurité Gas n'Go alors qu'ils passaient.

Tante Pearl jeta un regard noir, mais ne dit rien.

— Seul José sait comment il a convaincu Richard de le suivre à la cave, ajouta Tyler. Cela devait être une raison assez importante pour qu'il quitte la fête du vin. Je suppose que Richard pensait que c'était quelque chose qui pourrait être fait assez rapidement pour qu'il soit de retour à temps pour le début de la fête du vin. Peut-être qu'Antonio avait reconsidéré ses options et était maintenant prêt à vendre à Désirée.

— Une fois chez Lombard Wines, tu as invité Désirée et Richard à la cave, affirmant qu'Antonio était en bas pour discuter de la possibilité de conclure la vente avant la saisie. Peut-être que tu as même promis une bonne bouteille de vin pour conclure l'affaire.

— Pourquoi tuerais-je Richard ? demanda José.

— Je n'avais absolument aucune raison de le faire. Il nous aidait à sortir de notre désordre financier.

— Le directeur de l'hôtel Shady Creek dit qu'il y avait autre chose qui sortait de l'ordinaire lorsque tu t'es enregistré hier soir. Que tu étais seul ! Habituellement, tu étais avec une femme blonde lorsque tu fréquentais l'hôtel. Je vous regarde, Désirée LeBlanc.

Désirée haleta. Sa bague en diamant brillait sous les lumières alors que sa main s'envolait vers sa bouche.

— C'est un mensonge ! Je ne suis jamais allée à cet hôtel.

— Les images de la caméra de sécurité ne mentent pas, Désirée. La police de Shady Creek a passé en revue les deux dernières semaines de vidéo, et ils vous ont déjà trouvés tous les deux ensemble à cinq ou six occasions différentes.

— Eh bien, je n'étais pas là hier soir, shérif. Ou aujourd'hui. Désirée se leva et pointa son index vers Tyler.

— Vous devez vous concentrer sur Antonio. Il n'était pas arrivé à la fête du vin avant environ 8 h 30, ce qui lui a donné suffisamment de temps pour tuer Richard.

— Non, en fait, il a quitté la cave assez tôt. Avant l'arrivée d'Antonio et Trina à la fête du vin, ils étaient sortis pour le petit-déjeuner, quittant Lombard Wines vers 7 heures du matin. Mais je pense que vous le saviez déjà parce que José les a observés quitter la cave. Dès qu'ils étaient partis, il vous a rencontré vous et Richard à la fête du vin. Vous avez fait en sorte que Richard soit là de bonne heure, avant que trop de monde n'arrive. Vous ne vouliez pas beaucoup de témoins. Vous et Richard êtes allés à Lombard Wines et José vous a suivi.

Tout le monde dans le bar était assis dans un silence abasourdi.

— Pourquoi ferions-nous cela le jour de la fête du vin, shérif ? Nous aurions tout simplement pu partir.

Désirée secoua la tête comme si elle regrettait que Tyler puisse être si stupide.

— José vous a dit, à vous et à Richard, qu'il avait réussi à faire changer d'avis Antonio à la dernière minute. Antonio était maintenant prêt à vous vendre, à vous Désirée, pour éviter la forclusion. Cette demande était uniquement au profit de Richard, puisque vous participiez au régime. Vous avez présenté un argument convaincant sur l'importance de sceller l'accord tout de suite, avant qu'Antonio ne change d'avis.

Désirée se mit à rire.

— Vous avez beaucoup d'imagination, shérif. C'est l'histoire la plus incroyable que j'ai jamais entendue.

— Le médecin légiste confirmera l'heure du décès lorsqu'elle effectuera l'autopsie lundi, mais compte tenu de la température fraîche dans la cave à vin et de l'état du corps de Richard, Richard était déjà mort depuis plus de quelques minutes, déclara Tyler.

— Je suppose au minimum une heure. Antonio n'était pas censé retourner à la cave de toute la journée, mais il a dû le faire en raison de circonstances imprévues. Il n'avait plus de vin.

Tyler jeta un regard sur tante Pearl avant de se tourner vers José.

— José, tu ne t'attendais pas à ce qu'Antonio rentre avant la fin de l'après-midi. Au lieu de cela, tu aurais été pris en flagrant délit ! Ton plan était qu'Antonio découvre le corps de Richard dans la cave à vin après la fête du vin. Tout indiquait qu'il était le tueur : se mettre sur la scène du crime, la cave que lui seul pouvait déverrouiller, sa colère contre Richard et son désespoir de perdre son entreprise qui était également sa maison.

— Après le meurtre de Richard, José s'est dirigé hors de la ville pour échapper aux soupçons et nettoyer, changer de vêtements et se débarrasser des preuves.

Tyler se tourna vers Désirée.

— Pendant ce temps, vous, Désirée, vous avez ramené la voiture de Richard à la fête du vin et vous vous êtes garée sur la même place de parking. Il restait encore des heures avant le début de la fête du vin. Le gardien était parti après avoir déverrouillé le bâtiment, pensant que c'était bien de le faire parce que toi et Richard étiez maintenant à l'intérieur. En fait, il était si tôt que presque personne n'était là. Les quelques exposants arrivés étaient préoccupés par le déchargement et la mise en place. Ils ne remarquèrent pas ou ne se demandèrent pas si une voiture particulière était partie pendant une courte période. Le seul autre témoin qui a vu la Corvette partir était Pearl West. Elle était arrivée très tôt, apparemment.

— J'ai dû camper toute la nuit pour trouver une bonne place de stationnement. Seulement pour la perdre à cause des règles stupides du shérif, déclara tante Pearl.

Tyler ignora l'insulte.

— Pearl a vu la Corvette de Richard partir et a supposé que ce n'était que Richard à l'intérieur parce qu'elle était préoccupée et ne regardait pas si précisément. Elle a également confondu José avec Antonio. En fait, Antonio n'arriva qu'une heure après que lui et Trina eurent fini leur petit-déjeuner et quitté le restaurant. Le reçu de carte de crédit et d'autres témoins au restaurant corroborent ces faits.

La bouche de José s'ouvrit.

— Antonio a un alibi ?

Tyler hocha la tête.

— Un alibi en béton.

— Ce n'est pas vrai, dit Désirée.

— La voiture de Richard n'a jamais quitté le parking.

— Non, Désirée. Après la mort de Richard, vous avez ramené la Corvette à la fête du vin. Les autres vendeurs étant occupés à installer leurs produits, ils ne prêtèrent pas attention au va-et-vient des voitures. Pearl vit la voiture partir, mais pas assez longtemps pour repérer qui était à l'intérieur. Ce n'est pas grave, car cette même caméra de surveillance montre le retour de la Corvette. Vous avez même réussi à garer la Corvette sur la même place de stationnement. Mais vous avez commis une erreur fatale.

— Il avait soudainement commencé à pleuvoir, mais les prévisions pour ce jour-là prévoyaient un temps ensoleillé. Comme Richard s'attendait à un temps sec, il avait laissé le toit de la décapotable en bas ce matin-là.

— Au premier signe de pluie, un propriétaire de décapotable courait immédiatement à l'extérieur et remettait le toit en place. Mais la personne qui a re-garé la voiture de sport ne savait pas comment le faire ou ne pensait pas à cela. C'est une erreur qu'aucun propriétaire de voiture de sport vintage ne commettrait.

— Vous vouliez avoir la Corvette sur ce parking, sachant que plus tard, les participants à la fête du vin la verraient et se souviendraient faussement d'avoir vu Richard à la fête.

Je me dirigeai vers Désirée.

— C'est pourquoi tu as inventé des excuses en prétendant que Richard était quelque part à la fête du vin. Tu voulais que je pense qu'il était là, au moins pendant la matinée. Cependant, tu savais déjà qu'il était mort. C'est parce que vous étiez de mèche.

Désirée croisa les bras.

— Je n'ai rien à voir avec tout cela, sauf concernant le fait que j'ai dit à Richard que j'étais prête à faire une offre pour l'achat du domaine.

— Je n'étais pas impliqué non plus, déclara José.

— Je voulais quitter l'entreprise viticole. Pourquoi aurais-je tué Richard alors qu'il avait un acheteur aligné pour nous ? C'est vrai que je ne voulais pas de saisie du domaine, cela signifiait que j'en tirerais un peu d'argent. La saisie valait mieux que de tout perdre. Notre domaine était en grand danger.

— Qui a dit que ton motif était financier ? demanda Tyler.

— Quoi ? demanda José.

— Trouver un acheteur pour le domaine était un mensonge, n'est-ce pas, José ? Tu voulais que Richard disparaisse parce que tu étais tombé amoureux de Désirée. Désirée avait promis de te prêter l'argent pour racheter Antonio, mais tu avais refusé cette offre. Pourquoi ? Parce que selon les termes du pacte d'actionnaires de Lombard Wines, Antonio pourrait proposer une contre-offre pour te racheter. Cela se terminerait par une impasse, tu avais donc besoin d'un autre moyen de faire en sorte qu'Antonio abandonne le domaine. Il n'aurait pas le choix s'il allait en prison pour meurtre.

— Tu as tué mon pauvre Richard, cria Désirée.

— José, tu es un monstre.

— Arrête d'essayer de détourner le blâme de toi-même, Désirée, dit tante Pearl.

— Tu en sais trop pour clamer ton innocence. Tu étais furieuse contre Richard parce qu'il avait accepté de se réconcilier avec Valérie, alors tu es passée à José. Non seulement tu voulais faire payer Richard, mais en même temps tu voulais obtenir Lombard Wines pour une bouchée de pain.

CHAPITRE 29

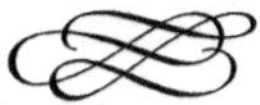

Le bar était si silencieux qu'on pouvait entendre une épingle tomber.

La police de Shady Creek attendait le feu vert de Tyler devant la Witching Post. Ils entrèrent dans le bar et se précipitèrent pour rejoindre Tyler.

José jura à bout de souffle alors qu'un officier se dirigea vers lui.

Les yeux de Désirée se précipitèrent frénétiquement autour du bar, espérant que quelque chose ou quelqu'un la sauverait. Cela n'allait pas arriver.

Tout le monde avait son téléphone, prenant des photos des derniers fugitifs de Westwick Corners.

Tyler affronta José.

— Sors tes mains de tes poches, s'il te plaît.

José obéit.

— Tu es en état d'arrestation pour le meurtre de Richard Harcourt.

*

Tyler lut à José ses droits et lui menotta les poignets derrière le dos avant de le remettre à l'un des policiers de Shady Creek.

— Pourquoi est-ce nécessaire ?

Désirée lutta contre la prise ferme bien que douce d'Earl en vain.

— Mon avocat payera une caution avant même que j'arrive à Shady Creek.

Tyler se tourna vers Désirée, serra ses deux poignets ensemble et les menotta.

— Tu l'as rendu nécessaire. Nous ne pouvons pas avoir de tueurs en liberté à Westwick Corners.

Quelques personnes applaudirent.

Tyler leva la main et ils s'arrêtèrent rapidement.

Désirée écrasa son pied.

— Je NE SUIS PAS une tueuse ! Combien de fois dois-je vous le dire ? José est obsédé par moi. Je ne peux pas empêcher les hommes de faire des choses folles pour gagner mon amour. Je ne lui ai jamais demandé de faire quoi que ce soit. Je ne ferais jamais de mal à personne, surtout pas à Richard, l'amour de ma vie.

José jura à bout de souffle. Il se jeta sur Désirée, mais le policier le retint.

Tante Pearl remua le doigt vers Désirée.

— Tu es au moins aussi mauvaise que José parce que tu étais le cerveau derrière tout. Tu as utilisé José pour faire ton offre. Tu voulais prendre le contrôle de Lombard Wines et te débarrasser de ton petit ami en même temps. Bonne chance pour trouver un avocat, car personne en ville ne te représentera.

Maman tira sur la manche de tante Pearl.

— Westwick Corners n'a pas d'avocat.

Tante Pearl lui arracha le bras.

— C'est parce que nous n'en avons pas besoin, Ruby. Nous rendons notre propre justice dans cette ville.

Tyler fronça les sourcils.

— Rendre la justice est mon travail, Pearl.

Tante Pearl l'ignora.

— Nous ne tolérons pas les criminels ici, Désirée. C'est ce que tu es ! La seule lumière du jour que tu verras est la cour d'exercice de la prison.

Je me tournai vers tante Pearl. Sa bouche s'était transformée en un sourire espiègle. — Nous sommes d'accord pour une fois.

— Tu as enfin fait ton travail, shérif, déclara tante Pearl.

— Je suppose qu'il y a encore de l'espoir pour toi.

Tyler sourit.

— Merci pour le compliment, Pearl.

— Oh, une dernière chose… J'ai quelque chose à te donner, shérif.

Tante Pearl fouilla dans sa poche et sortit une grande clé en laiton. C'est une clé de la ville. Merci pour ton travail acharné.

— Ouah… Pearl, merci. Tyler fronça les sourcils.

— N'est-ce pas un honneur normalement accordé par le maire ?

Tante Pearl ricana.

— Tu penses qu'il dirige le spectacle ? Nan, ce n'est qu'une figure de proue. Rien ne se passe dans cette ville sans mon sceau d'approbation.

Tyler se mit à rire.

— Je suis juste heureux d'avoir résolu le meurtre de Richard et d'avoir fait sortir deux tueurs de la rue.

Tante Pearl grogna.

— Ne prends pas tout le crédit, shérif. Tu n'aurais pas pu le faire sans Cen et moi. Nous avons résolu l'affaire.

— Nous avons ?

C'était la première fois que tante Pearl me donnait du crédit pour quoi que ce soit. C'était un compliment en retour, mais je l'acceptai.

LE CRÉPUSCULE TOMBAIT ALORS que j'étais devant la Witching Post. Je frissonnai dans la brise fraîche, souhaitant avoir pensé à porter ma veste. Je regardai José et Désirée être emmenés, chacun dans l'une des deux voitures de police de Shady Creek qui attendaient. D'abord, José était assis et bouclé dans l'une des voitures de patrouille. Il nous regarda avec un air méchant depuis la banquette arrière alors qu'il était rapidement conduit hors du parking pour descendre notre allée sinueuse.

Un agent en uniforme tint une main protectrice sur la tête de Désirée alors qu'il la guidait à l'arrière de la deuxième voiture de police. Cela m'effrayait de penser qu'un homme innocent avait été si facilement accusé de meurtre. Heureusement, les tueurs de Richard ont été arrêtés et feraient bientôt face à la justice.

J'étais également soulagé que la fête du vin soit terminée pour une autre année. Il y avait tellement de drames chaque année, bien que peut-être qu'avec le départ de Désirée, cela pourrait redevenir un événement amusant et de petite ville.

Malgré tout ce qui s'était passé, la fête du vin s'était poursuivie, comme d'habitude, à l'exception du fiasco du jugement. De nombreux fournisseurs avaient même signalé des ventes plus élevées que les années précédentes.

L'absence de Richard avait prouvé qu'il n'était pas indispensable après tout.

Et Désirée ne participerait plus à des concours de vin pendant très longtemps.

J'expirai et sentis toute la tension d'aujourd'hui quitter enfin mon corps. Ce fut une journée incroyablement chargée — et tragique. Rien ne s'était passé comme prévu.

La journée ne semblait pas encore tout à fait terminée. Quelque chose rongeait mon subconscient. N'y avait-il pas autre chose qui devait se passer aujourd'hui ?

Ah, oui. La surprise de Tyler.

De toute évidence, ces plans n'iraient pas de l'avant maintenant. Alors que le crime avait été résolu et que les auteurs avaient été arrêtés, l'affaire ne se terminerait pas encore. Il y avait des accusations à porter, des documents à remplir et des entrevues à tenir. Tyler se rendrait bientôt à Shady Creek pour finir avec tout cela. Je ne le verrais probablement même pas pendant un jour ou deux.

Ma surprise devrait attendre.

Je jetai un coup d'œil à Antonio, qui se tenait à côté de Trina, lui tenant la main.

Étaient-ils tous les deux encore sous les effets du sort de tante Pearl, ou était-ce vraiment le véritable amour ?

Tante Pearl tira sur mon bras et murmura:

— Certains sorts ne sont pas destinés à être brisés, Cen. N'essaie même pas.

CHAPITRE 30

Ce fut une matinée ensoleillée quand j'arrivai à l'auberge. Maman m'attendait dehors par les marches de devant.

Elle m'avait demandé de venir immédiatement parce qu'elle avait besoin d'une aide urgente. Elle était généralement assez autonome, alors j'avais laissé tomber ce que je faisais et je m'étais précipitée à la maison pour l'aider.

— Pourquoi êtes-vous tous bien habillés ?

Je la regardai de haut en bas avec méfiance.

— Je ne suis pas bien habillée, dit-elle.

— Ce ne sont que de vieux vêtements de jardinage.

Je secouai la tête.

— Personne ne jardine en lin. Certainement pas en lin blanc.

Elle me congédia d'un revers de main.

— Qu'importe. Je vais jardiner en lin si je veux. T'inquiètes, ça n'a pas d'importance. Dépêche-toi ou nous arriverons trop tard.

— Trop tard pour quoi faire ?

Elle ne répondit pas, mais serra ma main plus fort. Elle me tira avec une force surprenante le long de la passerelle vers le côté de la maison.

Maman ne portait jamais de jupe et ne se maquillait presque

jamais. Elle avait l'air d'être habillée pour une fête, même si je ne me souvenais pas que nous avions prévu d'aller où que ce soit.

— Euh… nous ne pouvons pas être en retard pour cette chose dans le jardin pour laquelle j'ai besoin d'aide.

À ce moment-là, elle me traînait pratiquement. Je marchai plus vite pour qu'elle arrête de me tirer le bras.

Maman dirigeait pratiquement l'auberge toute seule. Il n'y avait pas grand-chose qu'elle déléguait, alors j'étais curieuse de savoir quelle était la tâche qui m'était assignée. Les plantes sont mortes sous ma surveillance, et je ne pouvais pas distinguer une plante vivace d'une plante annuelle ou d'une mauvaise herbe. Pourquoi diable une sorcière avec un pouce vert avait besoin de mon aide, ce fut un mystère.

J'étudiai de plus près la tenue de maman alors que nous marchions le long du chemin de pierre qui bordait l'avant de la maison. Sa chemise en lin blanc et sa jupe en lin beige étaient des pièces de créateurs. En plus d'être complètement inadaptées à la saleté et aux activités du jardinage, elles étaient chères. Sur ses pieds se trouvaient des sandales beiges à bout ouvert avec un motif floral.

Des chaussures mignonnes et estivales que je n'avais jamais vues auparavant.

Elle les avait évidemment achetées récemment parce que nous partagions la même pointure, et je ne les avais jamais vues lors de mes raids occasionnels dans les placards. J'eus tout de suite des soupçons.

— Au fait, qu'est-ce que tu veux que je fasse ?

— Tu le verras bien assez tôt.

Maman accéléra son rythme.

En passant devant le parking, je repérai la voiture de sport de Brayden dans l'un des coins. Il était garé de travers, occupant deux places à la manière typique de Brayden. Mes épaules s'affaissèrent à l'idée de voir mon ex-fiancé égocentrique. Brayden, qui en tant que maire était aussi le patron de Tyler, n'avait aucune raison d'être ici. Nous nous sommes évités autant que possible, alors il a dû être forcé de venir ici.

— Maman ?

Elle serra mon bras plus fort et ne répondit pas.

— De quoi s'agit-il ?

— Tu verras.

Maman me donna un sourire énigmatique.

Je n'aimai pas les surprises, surtout celles qui impliquaient mon ex-petit ami. Mais maman le savait déjà. Qu'est-ce qu'elle mijotait ?

Alors que nous tournions au niveau du coin dans le jardin arrière, je remarquai les rubans de papier crêpe blanc qui coulaient du toit du pavillon. Juste en face de notre chemin se trouvait une arche de deux mètres cinquante de haut faite de ballons roses, la teinte exacte des roses de la reine Elizabeth qui entouraient le pavillon.

Je me tournai vers maman, alarmée.

— Est-ce que quelqu'un se marie ?

— Chut.

Elle pressa un doigt contre sa bouche et me rapprocha d'elle tout comme une harpe grattait un air des plus familiers. La mélodie fut belle et envoûtante, tout à la fois.

Je déplaçai mon regard vers la scène et j'eus la surprise de voir Lacey Ratcliffe sur scène. J'ignorai qu'elle jouait d'un instrument de musique, encore moins d'une harpe.

Après quelques faux départs, elle s'installa en rythme. C'était une chanson que je connaissais bien.

La marche nuptiale de Felix Mendelssohn

Ta ta ta taa, ta ta ta taa...

Soudain, la chanson s'arrêta comme si quelqu'un avait coupé le courant.

— Maman ! Qu'est-ce qui se passe ?

Je remarquai des gens, environ deux douzaines d'entre eux, qui étaient formellement habillés et nous regardaient. Ma voix fut plus forte que prévu, sonnant durement contre la mélodie douce de la harpe. Je sentis les yeux de tout le monde sur moi et je réalisai que j'étais la seule à être habillée de façon décontractée en jean et en tee-shirt. Tout mon corps rougissait d'embarras. C'était évidemment un événement formel, et j'étais terriblement mal habillée. J'avais l'impression d'être nue et je voulais ramper sous le pavillon.

À en juger par les rangées de sièges qui flanquaient l'arche du ballon rose, j'étais invité à un mariage pop-up.

Voir Brayden à l'avant ne fit que confirmer mes craintes. Il portait le même costume sombre qu'il avait acheté pour notre mariage. Notre relation n'avait pas fonctionné, mais le costume avait certainement été utile. Brayden le portait à chaque mariage, enterrement et occasion formelle. En tant que maire, il officiait souvent des mariages. C'en était clairement une.

Nous n'avions pas d'invités à l'auberge, et je ne savais pas que quelqu'un en ville s'unissait. Je n'avais certainement pas reçu d'invitation de mariage ces derniers temps, alors qui allait se marier ?

Je déglutis. Ça ne peut pas être ça. Non.

Ce n'était sûrement pas mon mariage. Je n'avais accepté d'épouser personne. Tyler et moi avions parlé de mariage un jour, mais seulement en termes généraux. Lui et moi voulions tous les deux quelque chose de simple, rien qui ne ressemble à cette configuration sophistiquée.

Les mariages au fusil de chasse étaient un vestige d'un passé lointain, et Tyler était beaucoup trop progressiste pour cela.

En plus, on n'était même pas encore fiancés !

Je me tournai vers maman pour obtenir des réponses, mais elle n'était plus à mes côtés. Je scrutais la foule, mais avec les gens qui se promenaient, il était difficile d'avoir une vue dégagée sur tout le jardin. Où était-elle allée et pourquoi m'avait-elle abandonnée ici ? Et pourquoi ne m'avait-elle pas renseigné sur le code vestimentaire pour éviter tout cet embarras ? Un sentiment d'effroi grandit dans le creux de mon estomac.

Pourquoi étais-je la seule à ignorer que le mariage allait avoir lieu ?

Je cherchai un moyen de m'échapper sans préavis lorsque mes yeux se fixèrent sur ceux de Brayden. Il sourit et fit un clin d'œil.

Tante Pearl s'est soudain matérialisée à mes côtés.

— Cendrine ! — Il était temps que tu arrives. J'espère que tu ne perdais pas ton temps à écrire dans ton stupide journal. Tout le monde sait déjà ce qui est arrivé à Richard, donc ça ne sert à rien d'en parler.

— Je n'étais pas…

Je m'arrêtai. Je ne voulais pas commencer une dispute.

— Est-ce… un mariage au fusil de chasse ?

Ses yeux se plissèrent.

— Un mariage au fusil de chasse ? Qu'est-ce que tu racontes ?

— J'ai entendu cette chanson de mariage, alors j'ai pensé —

Tante Pearl se moqua.

— Ah, ça. Non, c'est parce que Lacey apprend juste la harpe, et elle ne connaît que quelques chansons. Tu as mis du temps à arriver ici, et elle devait divertir tout le monde pendant que nous t'attendions.

— C'est un soulagement. J'ai vu Brayden, et quand j'ai entendu la musique de la harpe, je—.

— C'est quoi le problème avec la musique de harpe ? Tante Pearl me coupa la parole. — Ce fut assez bon pour Marie Antoinette, et c'est assez bon pour toi. Il ne s'agit pas toujours de toi, n'est-ce pas, Cen ?

— Je ne voulais pas —

— Lacey s'entraîne depuis des semaines, cria tante Pearl si fort que mes oreilles sonnèrent.

— Lacey ! Joue cette chanson !

L'interprétation de Greensleeves par Lacey semblait flotter sur la brise. Je fus captivée par la belle musique, mais je n'avais toujours pas la moindre idée de ce qui se passait.

Je voulais poser d'autres questions à tante Pearl, mais j'avais peur des réponses. Au lieu de cela, je décidai de profiter du moment.

Juste à ce moment-là, Tyler apparut à mes côtés en kaki et en chemise de golf. Heureusement, il était habillé aussi décontracté que moi.

Tante Pearl m'attrapa le coude un peu plus fort que nécessaire et me dirigea vers le côté du pavillon où maman se tenait maintenant. Tyler nous suivit.

— Hem ! Tante Pearl relâcha mon bras et se tourna vers moi, avec une expression solennelle.

— C'est une bonne chose que j'ai investie tant de temps à t'enseigner tout ce que je sais, même si tu ne piges pas beaucoup. Cela semblait être un effort gaspillé pendant longtemps, mais c'est finalement, enfin… payant.

— Surcharge d'informations, dis-je, ne sachant pas où elle voulait en venir.

— Eh bien, continue d'essayer, Cen. Peut-être que si tu t'appliques mieux, tu pourras être aussi accompli que moi un jour. Des miracles existent.

— Merci, tante Pearl, c'est un sacré compliment.

Je voulais paraître sarcastique, mais c'était raté.

C'était mieux aussi, parce que ce qui s'est passé ensuite m'a pris par surprise.

— Hem… euh… Tante Pearl s'éclaircit la gorge et se retourna rapidement.

Mais pas avant d'avoir vu des larmes remplir ses yeux. Elle murmura pendant une minute, puis prit plusieurs respirations profondes avant de se racler à nouveau la gorge.

— Hem !

Elle repoussa ses larmes.

— Félicitations, Cendrine West ! Tu as été promue sorcière séniore.

Tante Pearl sortit soigneusement un rouleau de papier parchemin de la poche de sa veste. Il était noué avec un ruban d'or.

— J'avais prévu de te le donner plus tard, mais c'est le moment idéal, je suppose.

Sa lèvre inférieure trembla alors qu'elle insérait le diplôme dans ma main.

— Tiens.

Je détachai soigneusement le ruban d'or et déroulai le parchemin. C'était un diplôme. Mon nom était écrit en calligraphie noire fantaisie :

CENDRINE WEST
a obtenu la désignation de

SORCIÈRE SENIOR
en complétant le matériel d'étude nécessaire et en obtenant une note de
passage en
SORCELLERIE ET MAGIE à
L'ÉCOLE DE CHARME DE PEARL.

LA SIGNATURE en feutre doré scintillant dans toutes les casquettes était signée *PEARL WEST* en lettres géantes.

Je plissai les yeux à la ligne écrite en minuscules en italiques en bas : *L'école de charme de Pearl est une académie de sorcellerie accréditée autorisée par LA WICCA, Witches International Community Craft Association.*

— MERCI, tante Pearl ! J'ai eu la meilleure professeure.

Une partie de moi était ravie d'atteindre enfin la prochaine étape en tant que sorcière et de voir tante Pearl reconnaître mes capacités.

Une autre partie de moi savait que j'avais atteint les qualifications de sorcière senior il y a quelque temps.

Quoi qu'il en soit, c'était un plaisir de recevoir mon diplôme de l'école de charme de Pearl et de voir tante Pearl reconnaître que mes pouvoirs surnaturels croissants dépassaient ceux d'une sorcière débutante.

Bien sûr, je savais déjà depuis un certain temps que je maîtrisais mes sortilèges et que je pratiquais comme une sorcière pleinement compétente. Je savais aussi qu'il valait mieux ne rien dire. Il était évident pour nous deux que, dans certains cas, mes pouvoirs avaient en fait dépassé ceux de tante Pearl.

Certains secrets étaient mieux gardés sous clé.

— Vous savez, le Merlot rouge l'heure de sorcellerie a peut-être remporté le prix du meilleur nouveau vin et vin de l'année, mais il y a un vin qui est encore meilleur, déclara Tyler.

— Maman a gagné à juste titre, protestai-je.

Pourquoi insultait-il le vin de maman ?

Tyler désigna la rampe du pavillon, où une bouteille de vin blanc réfrigéré se tenait dans un seau à glace, entourée de 4 verres à vin.

— Puis-je vous présenter la dernière offre de la cave viticole de Westwick ? C'est tellement nouveau qu'il a manqué la date limite d'entrée pour la fête du vin. Chardonnay envoûtant, créé spécialement pour notre sorcière séniore nouvellement diplômée.

Ma main s'est envolée vers ma poitrine et je me suis tournée vers maman.

— Tu as créé ce vin juste pour moi ?

Elle secoua la tête.

— Pas moi. Tyler l'a créé avec un peu d'aide d'Antonio et moi. C'est pourquoi Antonio a pris un peu de retard. Il nous aidait à le préparer à temps.

— C'était donc ça la surprise.

Tyler déboucha le vin et versa un verre à chacun de nous.

— Maintenant, je peux révéler ma mission secrète, Cen, ajouta tante Pearl.

— J'ai été très occupée à organiser cette fête spéciale pour toi. C'est ta cérémonie de sorcière séniore !

J'étais émue.

— Tante Pearl, c'est tellement gentil ! Tu t'es donné tout ce mal pour moi ?

Tante Pearl mettait un doigt sur ses lèvres.

— Tu sais qu'on ne peut pas vraiment dire aux gens que tu es une sorcière, alors je l'ai déguisé en faux mariage. De cette façon, tu pourras toujours organiser une grande fête. Tu devras te marier et tout, en faisant semblant, bien sûr…

Tyler se mit à rire.

— Je vais faire semblant de t'épouser n'importe quel jour de la semaine, Cendrine West. Acceptes-tu de m'avoir comme faux mari ?

– Oui, j'accepte.

. . .

Vous avez aimé l'heure de sorcellerie mortelle ?

Procurez-vous le prochain livre de la série, *Un amour de sorcière, le jour de la Saint-Valentin.*

À PROPOS DE L'AUTEUR

Colleen Cross est l'auteur de trois séries de policiers/thrillers qui sont de vrais bestsellers. Sa dernière, la série des Petites Enquêtes Surnaturelles Des Sorcières de Westwick, est une série de polars surnaturels survenant dans la petite ville de Westwick Corners, une ville quasi-fantôme où pratiquement rien ne se produit jamais... sauf quand les sorcières s'en mêlent !

Ses deux séries de polars/thriller les plus populaires ont pour personnage principal Katerina Carter, comptable judiciaire et enquêtrice en matière de fraude qui sait parfaitement s'adapter à la jungle urbaine. Elle fait toujours ce qu'il faut, même si ses méthodes peu orthodoxes sont un peu du style à vous en dresser les cheveux sur la tête et à vous faire avoir des crises cardiaques.

Colleen écrit aussi des ouvrages non romanesques sur les crimes financiers. Anatomy of a Ponzi: Scams Past and Present dévoile les plus grands manipulateurs de pyramides de Ponzi de tous les temps et les façons dont ils parviennent à éviter de faire face aux conséquences de leurs crimes. Elle prédit même l'heure et le lieu exact où la plus grande Pyramide de Ponzi de tout le temps sera enfin dévoilée, et cela arrivera bientôt !

www.colleencross.com

DU MÊME AUTEUR

Fraudes : Thrillers judiciaires de Katerina Carter

Stratégie de sortie: Crimes et enquêtes

Theorie des jeux

Formule mortelle

Mise au vert

Rouge vif - Nouvelle

Lune Bleue - Roman court

La Couleur de l'argent : Enquêtes criminelles de Katerina Carter (Coffret 3 volumes)

Thrillers judiciaires de Katerina : Tomes 1 et 2

Thrillers judiciaires de Katerina Carter : Tomes 3 et 4

Les Petites Enquêtes Surnaturelles des Sorcières de Westwick

Charmée de Vous Rencontrer

De la Sorcière à la Richesse

Le sort vers la gloire

Pas de réveillon pour les sorcières

L'heure de sorcellerie mortelle

Enquêtes Surnaturelles des Sorcières de Westwick

Site Web :

http://www.colleencross.com

<u>Inscrivez-vous à son bulletin</u> d'information pour être immédiatement informé de nouvelles parutions !

http://eepurl.com/c1hzCv